KB095535

천지신명은 여자의 말을 듣지 않지

천지신명은
여자의 말을 듣지 않지

김이삭 소설집

래빗홀
RABBIT HOLE

차
례

성주단지

선생님. 선생님도 제가 미쳤다고 생각하세요?

그와 결혼하지 않겠다고 했을 때 어머니는 제게 미 쳤냐고 물었어요. 정확히는 질문이 아니었죠. 어머니 는 제가 미쳤다고 확신한 것 같았어요. 결혼 날짜까 지 잡은 회계사 남자친구와 헤어진 게 그렇게 이해할 수 없었던 걸까요? 네? 왜 그랬냐고요? 글쎄요. 저는 역으로 이렇게 묻고 싶네요. 선생님은 걔를 잘 아시나 요? 제 전 남자친구 말이에요. 사실 잘 모르시죠?

그러니 묻지 마세요. 어차피 말해줘도 모를 거예요.

지방에 있는 타 전공 연구소에서 석 달간 대체 인력 으로 일하겠다고 했을 때도 대학원 동기들은 제게 미쳤느냐고 반문했어요. 제 전공과 무관한 연구소에서 일하는 건 딱히 경력에 도움이 되지 않으니까요. 연구소에서 일하는 석 달 동안 외진 곳에 있는 고택에서 지내기로 했을 때는 지영이도 "너 미쳤냐!"라며 소리를 지르더라고요. 참, 지영이는 제 절친이에요.

저는 그 말을 들을 때마다 속으로 열심히 항변했어요. 미치지 않았다고, 나름의 이유가 있었다고 말이에요.

지금도 마찬가지예요. 전 미치지 않았어요. 그저 귀신을 보고 그 목소리를 들은 것뿐이에요.

○○시에 있을 때였어요. 한국 전통문화의 수도라는 ○○시 있잖아요. ○○시에 있는 300년 된 고택에서, 그 집에서 귀신을 봤어요.

✸

저는 ○○시에 있는 유일한 대학에서, 정확히는 ○○대학 부설 민속학 연구소에서 임시 직원으로 일했어요. 텅 빈 연구소를 지켜주는 대체 인력이었죠. 전임 교원인 연구소장이랑 계약직인 연구 교수, 그리고 행정 일을 도맡는 대학원생 조교까지 출국했거든요. 좀 이상하다 싶긴 했죠. 국제 학술 행사에 참여한다는데, 석 달이나 진행되는 학술 행사 같은 건 없거든요. 학술 프로젝트라면 모를까 학술 행사는 며칠이면 끝나니까요. 이해가 가지는 않았지만, 굳이 면접 때 제 의문을 소리 내어 밝히지는 않았어요. 오히려 면접관들의 의문을 잠재우려고 노력했죠. 타지에서도 잘 지낼 수 있다고, 절대 중간에 그만두지 않겠다고 말이에요.

면접이 끝난 뒤, ○○대학 옆에 있는 유일한 모텔에서 잠을 잤어요. 그것도 하트 모양 침대 위에 누워서요. 거기는 비즈니스호텔이 없더라고요. 잠은 푹 잤던 것 같아요. 늦잠을 잤거든요. 잠결에 문자 수신음을 들었어요. 눈이 번쩍 떠지더군요. 저도 모르게 심장이 내려앉는 느낌이었어요. 겁에 질린 거죠. 잠시 후 휴대전화 번호를 바꿨다는 게 생각나더라고요. 바뀐 번호를 아는 사람은 어머니와 지영이, 그리고 ○○대학뿐이었고요. 주저하다 손을 뻗어서는 휴대전화를 움켜쥐었어요. 채용 합격 문자가 와 있더라고요. 바로 체크아웃을 한 뒤 근처 부동산을 찾아갔어요. 숙소를 구해야 하니까요. 하트 침대가 있는 러브호텔에서 3개월이나 지낼 수는 없잖아요.

그런데 어디를 가도 단기 임대는 불가능하다고 하더라고요. 대학생을 상대로 연세를 받는 지역이라 1년 단위 계약만 가능하대요. 저는 연세라는 개념도 그때 처음 알았어요. 연세 300만 원이라기에 무슨 소리인가 했죠. 석 달 살려고 1년을 빌릴 수는 없잖아요. 근데 별수 있나요. 그거라도 빌려야지. 단기 임대가 없다는데 어쩌겠어요. 안전한 곳으로 보여달라고 하니까 부동산 사장이 손사래를 치더라고요. 제가 만족할 만한 집은 없을 거라고, 솔직하게 터놓고 이야기하겠대요. 이 동네 매물은 1학기 시작 전에, 주로 겨울에 나온다고, 여름에 나오는 집들은 세입자가 중간에 나간 거라서 문제가 많다고요. 때가 안 맞는 걸 어쩌겠냐면서 꼭 구해야 하는 거면, 기준을 좀 낮추래요. 집은 안전해야 하는 거 아닌가요? 그걸 포기한 집이 어떻게 집이냐고요.

어머니가 제게 한 말이 떠오르더라고요. 나이도 많은데 남자 보는 눈이 너무 높은 거 아니냐. 걔 정도면 괜찮지. 만족할 줄 알아라. 머리가 지끈거렸어요. 초여름이라 더위를 먹은 것 같기도 했고요. 부동산을 나서면서 가방에서 아스피린을 꺼내 입안에 털어 넣었어요. 시원한 카페로 가서 아이스아메리카노도 마시고요. 그러니까 좀 나아지는 것 같더라고요. 대신 속이 쓰렸죠. 아침을 안 먹었거든요.

그때 전화가 왔어요. ○○시 지역 번호로요. 전화를 받으니까 여자 목소리가 들리더라고요. 연구소장이었어요. 저보고 방을 구했냐고, 아직 못 구했으면 자기 친척이 소유한 집이 비어 있는데 거기서 지낼 생각이 없냐는 거예요. 300년 된 고택인데, 개축을 여러 번 해서 불편하지 않을 거라고, 직접 보고 결정해도 된대요.

제가 뭐라고 답했을 것 같으세요? 당연히 알겠다고 했죠. 바로 택시를 타고 알려준 주소로 향했어요.

택시에서 내리니까 커다란 저택이 보이더라고요. 솟을대문 보신 적 있으세요? 입구를 행랑채보다 높게 지어서 권위를 드러내는 거거든요. 직접 가서 보니까 웅장하더라고요. 지붕이 저를 내려다보는 것 같았어요. 여섯 마당에 열두 문으로 이뤄진 아흔아홉 칸 저택이라고 생각하면 된다더니, 확실히 다르더라고요. 그때 제가 무슨 생각을 한 줄 아세요? 여기다 싶었어요. 언제 이런 기회를 얻겠어요. 고택에서 살아보는 거요. 이곳에서 지낸 석 달을 평생 기억하게 될 거라는 예감이 들었죠.

생각해보면…… 그때 예감이 맞았던 거예요.

몇 분 뒤에 검은 세단을 탄 연구소장이 고택으로 왔어요. 제게 집을 안내해주기로 했거든요. 보안 카드로 솟을대문을 열더군요. 아, 솟을대문에 도어록이 설치되어 있었거든요. 검고 동그란 도어록이요. 조선 시대처럼 솔거노비가 같이 사는 것도 아닌데 이리 오너라, 하고 열 수는 없잖아요? 대문을 열고 들어가면서 연구소장이 자세한 상황을 알려주더라고요. 원래는 자기가 평일마다 머물렀대요. 친척들이 관리를 떠맡겨서요. 집을 비워두면 폐가가 된다고, 사람의 손길이 닿아야만 집이 되는 거라나?

그러니까…… 그분은 면접 때 연구소 대체 인력만 구했던 게 아니었어요.

자기 대신 고택을 관리할 사람도 찾았던 거죠.

그분도 안전을 중요시하는 분이었어요. 문이 총 열두 개 있는데 중문에도 도어록을 달아놨더라고요. 그냥 도어록도 아니고, 매번 디지털 번호판이 다르게 형성되는 제품 있잖아요. 그건 도어록에 남은 지문을 확인해도 비번을 유추해낼 수 없거든요. 저는 그곳이 더더욱 마음에 들었어요. 그때 제게 안전만큼 중요한 것도 없었거든요. 곳곳에 CCTV를 달아놔서 앱으로 로그인하면 내부는 물론 외부까지도 확인할 수 있다는 말에 무조건 여기서 지내야겠다고 결심했어요. 대학 주변 원룸과는 비교도 할 수 없었죠.

예전에, 예전에 제 친구가요. 이런 일을 겪은 적이 있거든요. 현관문을 열고 자취방으로 들어가는데 누가 획 하고 따라 들어와 현관문을 닫더래요. 친구가 문을 열고 안으로 들어갈 때까지 복도 어딘가에서 몸을 숨기고 있었던 거죠. 그자가 현관문을 막고 있으니 밖으로 도망칠 수도 없고, 몇 평도 안 되는 원룸에 몸을 숨길 수도 없잖아요. 몸은 냉동 창고에 놓인 것처럼 떨리고, 마음은 살얼음판을 걷는 것 같았대요. 그 사람은 그냥 서 있었어요. 아무 말도 하지 않고요. 말을 걸지도 다가오지도 않았지만, 친구는 매초 매분 지옥을 겪었어요. 밤새도록요. 아침이 되니까 제 발로 나가더래요. 그때 제가 무슨 생각을 한 줄 아세요? 운이 좋았구나, 정말 다행이다. 이렇게 생각했어요. 길을 가다가, 집에 들어가다가 그런 사람을 만날 가능성은 얼마든지 있잖아요. 하지만 그렇게 무사히 풀려나는 경우는 거의 없죠.

그래서 그곳을 거절할 수 없었어요. CCTV로 수시로 확인할 수 있고, 문 앞에서 움직임이 감지되면 자동 녹화도 된대요. 문이 열리면 알림이 오고, 누군가가 문을 열려다가 실패하면 알람도 온다고 하더라고요. 앱이나 긴급 벨로 신고도 할 수 있고요. 어떻게든 이 기회를 붙잡아야겠다는 생각이 들었어요. 사실 가격도 나쁘지 않았죠. 한 달에 50이었거든요. 그것도 관리비까지 포함해서요.

그때가 5월 중순이니까 근무 시작하려면 2주 정도 남았을 때거든요. 여기서 지내고 싶다고 하니까 언제 이사 올 거냐고 묻더라고요. 빨리 내려와도 된다고, 자기가 쓰는 사랑채 누마루 방 빼고는 다 비어 있대요. 그래서 오늘부터 지내고 싶다고 그랬어요. 연구소장이 알겠다면서 깔깔 웃더라고요. 저는 안채 안방을 골랐어요. 가장 안전해 보였거든요. 깊숙한 곳에 있으니까요.

툇마루에 걸터앉아 지영이에게 전화를 걸고는 주소

를 알려줄 테니 택배로 짐을 보내달라고 했어요. 처음에는 미쳤냐며 소리를 지르더니 제가 여기 상황을 설명하니까 혀를 쯧쯧 차면서 알겠다고 하더라고요. 그때 이런 말도 해줬어요. 하긴, 그 미친 새끼한테서 벗어나려면 너도 미친년이 되어야지, 라고요.

✳

그 뒤로는 연구소장의 얼굴을 본 적이 없어요. 사랑채와 안채가 연결되어 있기는 하지만, 미닫이문으로 막아놔서 마주칠 일이 없었거든요. 같이 지냈던 기간도 일주일 정도고요. 연구소장은 종강을 일찍 해서 일주일 뒤에 서울로 올라갔어요. 가기 전에 전화로 그러더라고요. 사랑채 옆에 서고가 있는데 이 집 아들이 책을 가지러 오기도 한다고요. 혹시 누가 들어와 서고로 가면 책 가지러 온 거니까 걱정하지 말래요. 소장은 제가 불안해한다는 걸 눈치챈 것 같았어요. 그러니까 그런 말을 해준 거겠죠? 그 뒤로는 고택에서 혼자 지냈어요. 편하더라고요. 몸도 마음도요. 안전하고 온전한 나의 집이잖아요.

마음이 편안해지니 집을 둘러보고 싶었어요. 사랑채 쪽은 가지 않았어요. 거기는 다른 사람의 공간이잖아요. 안채 뒤에 담이 있는데 그 뒤편에도 건물이 있거든요. 그 집에서 유일하게 옛 모습으로 남은 곳이에요. 별당채인 줄 알았는데, 반빗간이라고 하더라고요. 궁궐로 따지면 음식을 만드는 소주방과 같은 곳이라고 할까요. 그때는 그곳을 자주 찾았어요. 그곳에 있으면, 다른 세상에 있는 것 같았거든요. 앉아서 넋을 놓곤 했죠.

나중에 사고만 치지 않았어도, 더 자주 머물렀을 거예요. 부엌 선반에 머리를 부딪쳐서 선반 위에 놓여 있던 쌀 항아리가 깨졌거든요. 뭐라더라…… 아, 시렁. 시렁이라고 하더라고요. 시렁 위에 엄청 오래된 항아리들이 있었는데 그중 하나가 떨어졌어요. 항아리는 산산조각이 났지, 누런 쌀은 알알이 쏟아졌지, 큰일 났다 싶었죠. 연구소장에게 연락하니까 그런 게 있는 줄도 몰랐다면서 잘 치워서 버리면 된다고 신경 쓰지 말라고 하더라고요.

그래도 미안하잖아요. 함부로 망가뜨린 거니까요. 그래서 학교 근처에 있는 상점에 가서 작은 항아리를 사 왔어요. 국밥집 가면 흔히 보이는, 김치 담는 항아리 있잖아요. 테이블 위에 놓인 작은 거요. 깨진 항아리에 묵은쌀이 담겨 있던 게 생각나서 쌀도 넣었어요. 시렁 위에 항아리를 얹으면서 보니까 다른 항아리들 위에 먼지가 쌓였더라고요. 겸사겸사 반빗간 청소를 했어요. 환기도 시키고, 바닥도 쓸고, 항아리들도 깨끗하게 닦아줬죠. 그거라도 해야 덜 미안할 것 같더라고요. 그 뒤로 호기심은 접어두고 방에만 머물렀어요.

두 달 정도는 정말 평화로웠어요. 시간이 가는 게 아쉬울 정도로요. 그런데 일상이라는 게 시렁 위에 놓인 항아리보다 약해서 아주 작은 일 하나로도 쉽게 깨질 수 있더라고요.

어느 날 밤에 알람이 울렸어요. 누가 문을 열려고 했대요. 4번 게이트. 서고 앞쪽에 있는 문이었는데, 그 문은 중문이 아니라서 외부와 이어지는 문이거든요. 중문이어도 문제였겠지만요. 그건 이미 집 안에 들어왔다는 거니까요. 그날 밤, 저는 한숨도 못 잤어요. 휴대전화만 들여다봤죠. 누가 들어오려고 하는 건지, 못 들어오는 게 맞는 건지, 꼭 알아야 했으니까요. 그런데 화면에 아무것도 안 잡히는 거예요. 정말 아무도 없었어요. 혹시 누군가가 저택을 맴돌고 있을까 봐 다른 CCTV까지 다 확인했거든요.

다음 날 아침까지 저는 한숨도 못 잤어요. 출근길에도 얼마나 전전긍긍했는지 모르실 거예요. 쉴 새 없이 주변을 두리번거리고 작은 소리에도 소스라치게 놀랐어요. 출근은 했지만 오전 내내 일을 할 수 없었죠. 집중이 안 되더라고요. 아까 말씀드렸던가요? 움직임이 포착되면 자동으로 녹화가 된다고요. 녹화 영상 목록을 쭉 훑어보는데 어젯밤에는 4번 게이트 쪽에서 녹화된 게 없더라고요. 그럼 둘 중 하나잖아요. 센서가 고장나서 누가 왔는데도 녹화되지 않았거나, 알람 자체가 잘못 울린 거거나. 이거나 저거나 다 불안하더라고요.

그나마 위안이 되었던 건, 제가 여기 있는 걸 아는 사람이 지영이 한 명뿐이라는 거였어요. 대학원 사람들도 제가 정확히 어느 학교 무슨 연구소에 있는지는 몰랐거든요. 말을 자세히는 안 해줬어요. 전공과 무관한 분야를 연구하는 곳이라고만 했죠. 민속학 연구소는 전국에 몇 개 없어서 쉽게 저를 찾아낼 수 있거든요. 누군가 학과 사무실에 전화해서 박사과정 학생인 ○○○의 연락처를 알려달라고 하거나 요즘 뭘 하고 있는지 물어보면, 대학원생 조교들이 별생각 없이 답해줄 수도 있잖아요. 그게 누군가의 삶을 뒤흔들 수도 있다는 걸, 사람들은 잘 모르더라고요.

방학에는 연구소도 단축 근무를 해요. 오후 3시에 공식 업무가 끝나서 보통은 해 지기 전에 집으로 돌아갔죠. 저는 연구소장이 빌려준 자전거를 타거나 걸어서 출퇴근했어요. 하루는 전임 연구소장이라는 사람이 와서 아주 당당하게 일을 시키더라고요. 연구실에 있는 복합기로 책을 스캔하라고요. 어느 과 교수인지는 모르겠지만, 보직이 바뀐 거면 제가 일하는 연구소와도 무관한 사람이잖아요. 금요일이었는데 다음 날 아침까지 메일로 스캔본을 보내라면서 책을 툭 던져주고 가버리는 거 있죠. 토요일 출근을 할 수는 없으니 그날 다 끝내고 가야 했죠. 백중일인지 중원절인지, 죽은 이의 혼을 불러 대접하는 민속 명절에 관한 책이었는데 분량이 2,000페이지나 되었어요. 어쩌겠어요. 시키니 했죠. 일을 다 끝내니까 오후 7시더라고요. 학생 식당에서 저녁을 먹은 뒤 고택까지 걸어갔어요. 하필이면 자전거를 타고 오지 않은 날이었거든요.

그날따라 오가는 사람도 안 보이더라고요. 원래는 사람이 좀 많거든요. 으슥한 밤길을 혼자 걸으려니 무서웠어요. 전날에 겪은 일도 있었으니까요. 그래서 지영이에게 전화를 걸었어요. 이런저런 수다를 떨면서도 수시로 주변을 확인했죠. 그거 아세요? 밤길을 혼자 걸을 때는 음악도 잘 못 들어요. 누구랑 통화를 하면서 걸어도 꼭 주위 소음에 집중해요. 저도 20대 초반까지는 안 그랬거든요? 근데 밖에서 혼자 10년 넘게 자취하니까, 그렇게 되더라고요.

고택에 도착한 뒤 가방에서 보안 카드를 꺼냈어요. 카드를 솟을대문 도어록에 대려는데 누가 절 부르는 소리가 들렸어요. 수화기에서 나는 건 아니었어요. 저와 통화를 하고 있던 지영이의 목소리도 아니었고요. 물속에서 들리는 것처럼 먹먹한? 귀를 막고 듣는 것 같기도 했고요. 또렷하게 들리지는 않았지만, 분명 제 이름이었어요. 화들짝 놀라서 뒤를 돌아보았죠. 근데 아무도 없더라고요.

꺼림칙했어요. 빠르게 안으로 들어가 대문을 닫은 뒤 저도 모르게 문빗장을 걸었어요. 집 안으로 들어올지도 모른다, 어떻게든 문을 잠가야 한다, 그런 생각이 들더라고요. 공포에 휩싸였던 거죠. 그런데 문이 덜컹했어요. 도어록이 자동으로 잠기기 전에 누군가 열려고 했던 거예요. 그때 제가 얼마나 놀랐는지, 선생님은 모르실 거예요. 문빗장이라도 걸지 않았더라면, 대문이 끼익 소리를 내면서 열렸을 테니까요. 그러곤 안으로 들어왔을 거예요. 저는 문고리를 붙잡고 어떻게든 닫으려고 노력했어요. 아귀가 안 맞으면 자동으로 잠기지 않잖아요. 3초. 문이 잠기는 데 그 정도 걸렸던 것 같아요. 그렇게 긴 3초는 제 인생에서 처음이었어요.

그제야 지영이 목소리가 들리더라고요. 휴대전화에서요. 제 목소리가 안 들리고 이상한 소리만 들리니까 놀란 것 같았어요. 울면서 소리를 지르더라고요. 너 이 새끼, 털끝 하나라도 건드리면 가만두지 않을 거야.

내가 벌써 경찰에 신고했어. 그 말을 들으니까 왜 눈물이 핑 도는지. 지영이에게 괜찮다고, 집에 안전하게 들어왔다고 했어요. 나중에 다시 전화하겠다고, 걱정하지 말라고요. 전화를 끊고 액정을 확인했어요. 1번 게이트가 열렸다는 알림을 지운 뒤 CCTV를 보니까…… 대문 밖에 아무도 없더라고요. 마지막으로 녹화된 영상은 30초 전이었고요. 재생 버튼을 누르니까 대문으로 다가오는 제 모습이 보였어요. 혼자 걸어오다가 대문 앞에 서서 뒤를 보고는 다급하게 문을 열어 안으로 들어갔죠.

그게 다였어요.

제 뒤를 따라온 이는, 문을 열려고 했던 이는 그곳에 없었어요. 처음부터요. 처음부터 저만 있었던 거예요. 그런데 문은 왜 흔들렸던 걸까요?

그때는 몰랐지만, 지금은 알아요. 전 귀신과 마주쳤던 거예요.

놀란 가슴을 진정시킨 뒤 안마당에 들었을 때였어요. 누군가 마당 한가운데 서서는 달을 보고 있었어요. 너무 놀라서 소리를 질렀는데 목소리는 안 나오고 갈라진 숨소리만 나오더라고요. 휴대전화에는 알림이 오지 않았어요. 다른 문이 열렸다는 알림이요. 그러니까, 누가 있으면 안 되는 거잖아요. 원래부터 누가 있었다면 모를까. 머릿속이 새하얘지고, 호흡이 가빠졌어요. 그때 안마당에 달빛이 들어찼어요. 시야가 밝아지면서 그 사람의 모습이 또렷하게 보이더라고요. 젊은 청년이었어요. 20대 초반 정도 된? 저는 그대로 주저앉았어요. 긴장이 흩어지면서 다리 힘이 풀렸던 거예요.

왜냐고요? 그 사람이 책을 한가득 들고 있었거든요…….

연구소장이 말했던 이 집 아들이었던 거죠. 괜찮냐고, 자기 때문에 놀란 거냐고, 미안하다고 하더라고요.

서고에 책을 가지러 왔다가 사랑채를 통해 안채로 넘어왔대요. 두 별채는 내부가 연결되어 있거든요. 안도감과 함께 다시 경계심이 일었어요. 사랑채 옆에 있는 서고에서 책만 가지고 나가면 되는데, 굳이 안채까지 올 필요는 없잖아요? 안마당에는 어쩐 일이냐고 물으니까 반빗간에 놓인 단지들을 확인하러 왔대요. 네, 맞아요. 제가 깬 그 항아리요. 갑자기 할 말이 없더라고요. 지은 죄가 있으니까요. 그래도 경계심은 그대로였지만요. 대문이 열렸다는 알림을 받은 적이 없었거든요.

어떻게 들어오신 거냐고 물어보니까 겸연쩍게 웃으면서 뒷문으로 들어왔다고 답하더라고요. 서고 뒤쪽에 있는 문은 센서가 고장 나서 알림이 안 간대요. 이렇게 놀랄 줄은 몰랐다고 사과하더라고요. 이곳을 들를 때마다 인사하기가 뭐해서 일부러 그 문만 쓴대요. 이유는 알 수 없지만 연구소장을 불편해하는 것 같았어요.

그때 다시 휴대전화가 울렸어요.

알람이었죠. 또 문을 열려고 한 거예요. 이번에는 4번 게이트였어요. 휴대전화를 들고 있는 손이 덜덜 떨리더라고요. 4번 게이트는 사랑채에 있는 문이에요. 사랑채에는 문이 두 개 있는데 하나는 서고 뒤쪽에, 다른 하나는 서고 앞쪽에 있거든요. 4번 게이트는 서고 앞쪽에 있는 문이죠. 전날 알람도 그 문이 움직여서 울린 거였잖아요. 5번 게이트는 제대로 잠겼을까? 문득 그 생각이 들더라고요. 그것이 안으로 들어올지도 모르니까요. 그때 정말 그렇게 생각했어요. '누가'가 아니라 '그것'이라고요. 그게 사람이 아니라는 걸 본능적으로 깨달은 것 같아요. 문을 확실히 잠갔냐고 물어보자 청년이 왜 그러냐고 하더라고요. 문이 잠긴 걸 확인했다는 답을 들었지만, 저는 안심할 수 없었어요.

당장 사랑채로 달려갔어요. 안채와 사랑채를 이어주는 일각문을 힘껏 열고, 사랑 마당을 가로질러 서고 뒤쪽으로 달려갔죠. 문은 잠겨 있었어요. 안전하게 말이에요. 알람은 여전히 울리고 있었지만요. 그것은 안으로 들어오지 못했어요. 휴대전화로 CCTV를 확인하니 텅 빈 화면만 보이더라고요.

이걸 누구에게 말해야 하지? 경찰에 신고할까, 아니면 경비 업체에 말할까.

고민도 잠시였죠. 곧 웃음이 나왔어요. CCTV에도 잡히지 않는 이상한 존재가 집에 들어오려고 해요, 어서 와서 도와주세요. 이런 말을 하는 사람을 누가 도와주겠어요. 아무도 도와주지 않아요. 멀쩡히 살아 있는 사람이 남의 집에 침입해도, 누가 죽어 나간 게 아니면 신경 쓰지 않거든요. 제가 시체로 발견되지 않는 이상, 누구도 제 말을 들어주지 않을 거예요.

아, 이것도 아니네요. 죽은 이는 말을 할 수 없죠.

그래서 웃었어요. 울음이 나오지 않고 웃음이 나왔으니까요.

미친년처럼 한참을 웃었죠.

그런데 세상일이라는 게 진짜 알 수가 없더라고요. 그 사람은 믿어줬어요. 어느새 다가와 무슨 일이냐고 묻더니 두서없이 늘어놓는 제 말을, 그 정신 나간 이야기를 그는 귀 기울여 들어줬어요. 지영이처럼요. 그때 제가 얼마나 큰 위안을 받았는지, 선생님은 모르실 거예요. 네? 맞아요. 지금도 제 이야기를 들어주고 계시죠. 근데…… 듣기만 하잖아요. 안 믿잖아요. 그건 듣는 게 아니에요. 말을 듣는 게 아니라 소리를 듣는 거죠.

그래요. 다시 그때 이야기를 할게요.

그는 저를 행랑채에 있는 방으로 데려갔어요. 커튼 사이로 유리창 너머를 보라고, 귀신인지 아닌지 직접 확인하라고 했어요. 귀신. 그 말을 듣는 순간, 저거구나 싶었어요. 그건 귀신이었던 거예요. 그러자 용기가 생겼어요. 최소한, 제가 무엇을 마주하고 있는지 알고 있는 거잖아요. 창문 끝에 몸을 감추면서 밖을 보았어요. 뭐가 보였냐고요? 처음에는 아무것도 보이지 않았어요. 입구를 환히 비추는 야외 등과 빛을 보고 달려드는 벌레들, 바람 한 점 불지 않는 무더운 여름밤과 무성한 잎으로 달빛을 막는 나무들만 보였어요.

아무것도 없다고 말하려는데 그 사람이 쉿, 하면서 어딘가를 가리켰어요. 저 또한 고개를 돌려 그곳을 보는데, 새카만 그림자가 보이더라고요. 문 바로 앞에요. 야외 등의 빛 때문에 생긴 그림자인 줄 알았는데, 사람 형체였어요. 근데 그 모습이, 그림자일 뿐인데도, 보는 순간 개라는 걸 알아볼 수 있었어요. 심장이 얼어붙고, 온몸에 핏기가 가시더군요. 이는 딱딱 소리를 내면서 떨렸고요.

그와 동시에 시야가 검게 물들었어요. 제가 정신을 잃었거든요.

※

눈을 뜨니까 제 방 안이더라고요. 상반신을 일으키니 살짝 열린 문 사이로 그 사람이 대청마루에 앉아서 책을 읽는 게 보였어요. 태연하게 말이에요. 고개를 돌려 시계를 확인했어요. 시침이 2와 3 사이에 있더군요. 정신을 몇 시간 정도 놓았나 봐요. 작은 탁자 위에 제 가방과 휴대전화가 놓여 있기에 전화를 집어 들었어요. 알람도 알림도 오지 않았더군요.

그것이 안으로 들어오지 못한 거예요.

안도의 한숨을 토해낸 뒤, 일어나서 문을 드르륵 열었어요. 그 사람이 고개를 들어 저를 보더니 책을 한 권 주더라고요. 읽어보래요. 책은 무슨 책이에요. 제가 책이나 읽게 생겼어요? 어이가 없어서 말문이 다 막혔죠. 근데 그 사람 눈빛이…… 눈이 마주치는 순간 이걸 꼭 읽어야 한다는 생각이 들었어요. 어느 순간 제 손에 책이 들려 있더라고요. 홀린 듯 그 책을 읽었죠.

《기문총화(記聞叢話)》라고 들어보셨어요? 나중에 찾아보니까 조선 후기에 편찬된 설화집이더라고요. 그가 보라고 했던 부분이, 그 내용이 아직도 또렷하게 기억나요.

원주에 사는 한 인삼 장수의 어머니 이야기였어요. 그녀는 스무 살에 아들을 낳고 과부가 되었는데 어느

날 남귀(男鬼)가 찾아와 자기가 이 집 가장이라고 했대요. 그러고는 그녀를 강간했죠. 그녀는 귀신을 막을 수 없었어요. 고통스러울 뿐이었죠. 귀신은 매일 밤 찾아와 그녀를 범하고는 금은보화를 남기면서 떠났어요. 여기까지 읽자 불쾌하더라고요. 이걸 왜 읽으라는 건지, 그 저의가 의심스러웠어요. 제 속내라도 읽었는지 그 사람이 끝까지 보라고, 그럼 자연스레 알게 될 거라는 거예요. 그래서 마저 읽었죠…….

하루는 그녀가 세상에서 가장 무서운 게 뭐냐고 남귀에게 물었대요. 귀신은 노란색이라고 답했어요. 그래서 그녀는 집 안을 온통 노랗게 칠했어요. 귀신을 쫓으려고요.

그러자 더는 귀신도 그녀의 집을 침범할 수 없었어요.

그때 제 머릿속에 있는 어떤 끈이 끊어지는 것 같았어요. 가슴이 두방망이질하며 쿵쿵 뛰고, 뜨거운 피가 온몸으로 퍼졌어요. 공포영화 본 적 있으세요? 무서운 괴물을 피해서 도망만 치던 여자 주인공이 어느 순간

도끼를 들고 괴물을 공격하잖아요. 극한의 공포에 사로잡히면 두려움이 다른 감정이 되거든요. 분노가 되는 거죠. 저도 그랬던 것 같아요. 더는 개가 무섭지 않았어요.

그런데 있잖아요……

그 책 말이에요. 국역본이 아니었어요. 한문으로 적힌 책이었죠. 저는 한문을 전혀 몰라요.

저는 그 책을 어떻게 읽었을까요?

✳

그날 어떤 일이 있었냐고요?

저는 현관 앞에 쭈그리고 앉아 숨도 쉬지 못했어요. 개가 또 찾아왔거든요. 아무것도 할 수 없었어요. 신고도 못 하겠더라고요. 연애할 때 찍은 사진 몇 장만 보여줘도, 사랑싸움인 줄 알고 가버리거든요. 다들 개 말만 믿었어요.

사랑싸움이라니…….

쾅쾅. 문 열어! 안에 있는 거 알아! 문 안 열어?

내가 미안하다고 했잖아! 왜! 시발, 왜 사과를 안 받아주
냐고! 쾅쾅.

복도에서 목소리가 쩌렁쩌렁 울렸어요. 손바닥으로
귀를 틀어막았죠. 아무 소리도 듣고 싶지 않았어요. 그
렇게 얼마나 있었는지 모르겠어요. 공포에 휩싸이면
시간 감각도 없어지거든요. 일각이 여삼추라는 말 아
세요? 무언가를 애타게 기다릴 때 쓰는 말이거든요.
무서울 때도 비슷하더라고요. 시간이 빨리 지나가기
를 얼마나 바라게 되는지, 그 바람이 얼마나 매정하게
저를 배신하는지 선생님은 잘 모르실 거예요.

갑자기 문 두드리는 소리가 멎더니 뭐라고 중얼거리
는 소리가 들렸어요. 뭐라고 했냐고요? 모르겠어요.
저는 귀를 막고 있었잖아요. 잘 들리지 않았어요. 손

을 떼고 바깥에서 나는 소리를 들어볼까 했지만, 문고리가 돌아가면서 문이 덜컹거리는 거예요. 저는 두려움에 휩싸여 더 세게 귀를 틀어막았어요. 귀가 먹먹해질 정도였죠. 어렴풋이 개 목소리가 들렸어요. 그때는 그럴 리 없다고 생각했는데, 살려달라고 했던 것 같아요. 제 이름을 부르면서 저를 찾았어요. 물속에서 들리는 것처럼 모호한 목소리로요. 저는 계속 귀를 막으며 못 들은 척했어요.

왜 그랬냐고요? 무서웠으니까요. 걔는 항상 그런 식이었거든요. 불길을 내뿜으며 화를 내다가도 눈물을 쏟아내며 제게 빌었어요. 다시는 안 그러겠다고, 이번이 마지막이라고 말이에요.

마지막은 없었어요. 마지막의 탈을 쓴 다음만 있었죠.

그래서…… 아무것도 못 들었어요.

듣고 싶지 않았으니까요.

다음 날 아침, 급하게 짐을 싸고는 현관문 외시경으로 밖을 확인했어요. 아무도 보이지 않더라고요. 개는 남들이 보기에는, 평범한 직장인이거든요. 정시에 출근하는 직장인 말이에요. 제게는 다행인 셈이죠. 며칠 내내 문 앞을 지켰다면, 저는 도망도 못 갔을 테니까요. 짐 가방을 들고 나간 뒤 그길로 지영이네 집으로 갔어요.

제가 직접 보고 들은 건 여기까지예요.

그리고 걔가 말해준 건······.

그날도 자기를 피해서 화가 났대요. 어떻게 그럴 수가 있냐, 자기가 사과도 하고 직접 찾아오기도 했는데, 뭐 그런 이야기를 하더라고요. 걔는 죽어서도 그게 억울했나 봐요. 현관문 앞에서 한참 난리를 피웠는데, 바로 옆집 사람이 나와서는 조용히 하라고 그랬대요. 소리 지르면서 위협했으면 걔도 바로 떠났을 텐데, 좋게 좋게 이야기했나 봐요. 걘 강한 사람 앞에서는 한없이 약해지고, 약한 사람 앞에서는 순식간에 강해지는 애라 그러면 더 안 듣거든요. 그러다가 싸움이 커졌고, 옆집 사람이 칼까지 들고 나온 거죠.

그걸 어떻게 아냐고요?

방금 말씀드렸잖아요. 걔가 말해줬다니까요.

그날요. 제가 더는 두렵지 않았다고 했잖아요. 아뇨. 그날 말고요. 다른 그날 말이에요. 제가 한문책 읽은 날이요. 그날 4번 게이트를 열고 밖으로 나가야겠다고, 걔랑 대화를 나눠야겠다고 결심했어요. 세상에서 뭐가 제일 무섭냐고 남귀에게 물어봤던 그 여자처럼 말이에요. 걔가 살아 있는 사람이었다면 저도 그런 용기를 내지 못했을 거예요. 근데 걔는 죽었잖아요. 노란색이 무서워서 도망가버린 남귀처럼 말이에요. 사람은 사람을 죽일 수 있지만, 귀신은 사람을 죽일 수 없거든요.

전 귀신은 무섭지 않아요. 사람이 무섭죠.

✴

그 뒤로 어떻게 되었냐고요?

걔는 입을 굳게 다물고는 밤새도록 저를 보았어요.

제가 입을 열고 말을 뱉어주기만을 기다리는 것처럼 말이에요. 맞아요. 그걸 바랐던 거예요. 그래서 저를 다시 찾아왔던 거겠죠. 그날 일을 경찰에게 말해달라고, 범인을 잡아달라고 말이에요. 선생님께 제가 아는 걸 다 말했으니 다시는 저를 찾아오지 않겠죠. 이번에는 진짜 마지막이 될 거예요.

날이 환히 밝자 개도 더는 보이지 않았어요. 주저 없이 몸을 돌려 안채로 갔어요. 집주인 아들이…… 보이지 않더라고요. 그사이 집에 갔나 싶었어요. 휴대전화를 확인하니 4번 게이트가 열렸다는 알림만 있고 다른 알림이 없더라고요. 서고 뒤쪽 문인 5번 게이트는 센서가 고장 났다고 했잖아요. 그 문으로 나갔다면 제게도 알림이 오지 않았겠죠. 그래서 안채에 설치된 CCTV 영상을 봤어요. 내부에서도 움직임이 감지되면 녹화가 되거든요. 안채 안방에는 CCTV가 없지만, 대청에는 CCTV가 있어요.

그런데 이상한 게 녹화되었더라고요.

저는 분명 기절했는데, 그래서 청년이 절 안채로 데려다줬는데…… 제가 멀쩡히 걸어서 들어오더라고요. 그것도 혼자서요. 고택 안을 구석구석 돌아다니면서 이상한 행동도 했어요. 뭘 했냐고요? 반빗간에 있는 항아리들을 챙겨 와서는 다른 곳으로 옮기더라고요. 화장실에도 두고, 주방에도 두고요. 어디서 사다리까지 가져와 대들보로 올라가서는 그 위에도 항아리를 놓았어요. 서고에 가서 책도 읽고요. 그렇게 몇 시간을 보내다가 제 방으로 돌아가더니 자리에 눕더라고요. 그때부터는 제 기억과 비슷해요. 몸을 일으켜 탁자 위에 놓인 휴대전화를 집어 들고, 안방 문을 열어 대청마루로 나갔죠. 하지만…… 청년은 없었어요. 텅 빈 대청마루에 저 혼자 서 있더라고요.

그때 깨달았어요. 또 귀신을 봤다는 걸요.

그 뒤로 인터넷에서 이런저런 검색을 했어요. 그거…… 신을 모시는 단지더라고요. 제가 깨뜨린 항아리요. 주방에 놓인 건 조왕신, 화장실에 놓인 건 측신,

대들보에 놓인 건 성주신을 모시는 단지인 거죠.

제가 새로 장만했던 항아리는 대들보 위에 놓여 있었거든요. 성주신을 모시는 성주단지였나 봐요. 제가 항아리를 깨뜨리기는 했지만, 성주단지도 새로 준비하고 반빗간도 청소했잖아요. 그래서 성주신이 제게 나타나 제 이야기를 들어주셨던 건 아닐까요?

그날 저는 귀도 보고 신도 보았던 거예요.

역시 안 믿으시네요. 솔직하게 이야기해달라고 하셔서 말해드린 건데.

저 안 미쳤다니까요?

야자 중 ×× 금지

#1

야자 끝났는데 왜 안 나와? 더 늦으면 마을버스 끊긴단 말이야.

책상 위에 놓인 폴더형 휴대전화의 외부 액정에 검은 글자가 떴다. 휴대전화가 몸을 부르르 떨며 이를 알렸지만, 확인하는 이는 없었다. 아무도 없기 때문이었다. 교실 안에는 질서 정연하게 배치된 책걸상 그리고 교실 뒤 벽면을 절반 가까이 막고 있는 삼단 사물함뿐이었다.

형광등이 지지직 소리를 내며 깜빡이다가 퍽 하고 꺼

지고, 갑작스레 찾아온 어둠은 아주 오래 교실에 머물렀다. 시간이 얼마나 지났을까. 어딘가에서 소리가 전해졌다. 헉헉거리는 거친 숨소리와 두려움이 묻어나는 달음박질 소리. 소리는 가까운 듯하면서도 아득했다.

그때 형광등이 다시 켜졌다. 깜빡깜빡하면서 하얀빛과 초록빛을 교차하듯 쏟아냈다.

초록빛이 교실을 채우던 순간, 소리가 갑자기 또렷해졌다.

"헉헉."

곧이어 철제 사물함 몇 개가 쾅 하는 소리와 함께 쓰러지고, 황갈색 타탄체크 무늬 치마 아래로 녹색 체육복 바지를 입은 학생이 모습을 드러냈다. 소녀의 등장과 함께 지지직 소리를 내던 형광등이 팟 하고 꺼졌다. 소녀는 겁에 질려 있었지만, 어둠을 두려워하지는 않았다. 사물함을 밟고 지나가며 기꺼이 어둠 속으로 몸을 던지는 소녀의 얼굴에서는 주저함을 찾아볼 수 없었다. 소녀는 질서 정연한 책걸상을 불도저처럼 쓰러뜨리면서 길을 내듯 달렸다.

그러다가 오른발에서 우지끈하는 소리가 났다. 반쯤 찢긴 삼선 슬리퍼를 간신히 걸치고 있는 왼발과 달리, 오른발은 양말만 신고 있었다. 소녀는 발바닥으로 전해지는 통증에 미간을 찌푸리며 잠시 주춤했고, 아래를 흘깃 보았다. 그러고는 굳은 듯 걸음을 멈췄다.

잿빛이 되어버린 흰 양말 아래로 친숙한 무언가가 보였다.

이니셜 스티커가 붙어 있는 휴대전화였다. 소녀의 휴대전화, 교실에 두고 왔던 휴대전화.

이곳에 휴대전화가 있다는 건…….

벼락같은 깨달음에 소녀는 그제야 고개를 돌리면서 주변을 살펴보았다. 칠판 바로 위에는 "지하철 타고 대학 가자"라는 급훈이 담긴 액자가 걸려 있었고, 칠판 앞에는 멀티미디어 장비가 내장된 교탁이, 그 옆에는 수능이 끝나야만 열 수 있는 텔레비전 캐비닛이 있었다.

소녀의 시선이 조금 더 옆으로 이동했다.

오래된 나무 창틀에 끼워진 유리창을, 그리고 그 너머를 보았다.

검은 밤하늘에 새하얀 달이 떠 있었다.

하얀 달!

소녀의 두 눈에서 공포가 흩어지고, 안도가 떠올랐다. 소녀는 속으로 외치고 또 외쳤다.

돌아왔어. 돌아왔다고!

소녀는 뒤를 돌아보며 조금 전까지 자기가 갇혀 있던 곳을 보았다.

쓰러진 사물함 뒤에 있는 회색 벽과 벽 중앙에 있는 문 그리고 그 문 너머에 있는…….

소녀의 눈이 커다래졌다.

빠져나왔는데.

분명히 빠져나왔는데.

문 너머에는 소녀가 서 있었다. 타탄체크 무늬 치마 아래로 녹색 체육복 바지를 입은, 오른발에만 삼선 슬리퍼를 신고 있는 소녀가.

곧이어 열려 있던 문이 쾅 소리를 내면서 닫혔다.

#2

노란 채소카레를 얹은 잡곡밥과 하얀 두부가 들어
간 된장국, 푹 삶은 갈비와 노르스름하게 튀겨진 크
로켓, 거기에 아삭한 배추김치까지! 침이 절로 고였다.
아영은 먹음직스럽게 잘린 천도복숭아 조각을 입안으
로 밀어 넣었다. 새콤함이 강했지만, 아영은 이 신맛마
저 달가웠다.

신선한 과일! 비타민C! 아닌가? 비타민B인가?

어쨌든 오랜만에 먹는 천도복숭아였다. 확실히 학
교에서는 영양소를 골고루 섭취할 수 있었다. 음식도
다양하게 접할 수 있고. 아영은 그 점이 너무 좋았다.
로제스파게티, 떡볶이, 쌀국수, 오므라이스, 마크니커
리⋯⋯. 다 학교에서 처음 먹어본 음식이 아니던가.

아영이 한 학기만 남은 학교생활을 아쉬워하면서 앞에 놓인 천도복숭아에 집중하고 있을 때, 누군가 앞자리에 앉았다.

"빈속에 과일부터 먹으면 속 쓰려."

대뜸 내뱉는 잔소리. 눈 감고 코로 들어도 정원이 분명했다.

정원은 교내 동아리인 교지 편집부에서 알게 된 동급생이었다. 친구가 아닌 동급생이라고 하는 건, 사적인 친분이 있는 사이가 아니기 때문이었다. 사실 동아리 활동 외에는 따로 만난 적도 없었다. 동아리 활동을 하지 않는 고3이 되면, 다시는 이야기를 나눌 일도 없을 줄 알았는데…… 그러나 아영은 고3이 된 뒤로 거의 매일 정원과 함께하게 되었다. 저녁 내내 같은 공간에서 공부했고, 석식도 함께 먹었다. 정원이 아영과 같이 야간 자율 학습을 하기 때문이었다. 덕분에 아영은 석식을 먹을 때마다 정원의 잔소리도 덤으로 먹어야 했다. 대체 정원은 왜 야자를 하는 걸까. 1, 2학년 때도 안 하던 야자를 굳이 고3이 되어서? 공부도 잘한다고 들었는데. 그런 애들은 야자를 잘 안 하지 않나?

"너는 야자 왜 해? 다들 학원이나 과외 때문에 바쁘다던데."

아영의 질문에 정원이 눈에 띄게 당황하더니 말을 얼버무렸다.

"……고3이니까."

뭐래. 아영은 속으로 코웃음을 쳤다.

고3이라서 야자를 한다고? 다른 학교라면 그럴지도 모르겠지만, 광명고라면 이야기가 달랐다. 광명고 고3 중에는 야자를 하는 이가 거의 없으니까. 학원 수업이나 과외 수업 때문에 바쁘다는 이유가 가장 크기는 하겠지만, 광명고 고3이라면 고려하지 않을 수 없는 요인이 하나 더 있었다. 그건 고3 교실이 본관에 있다는 점이었다.

광명고 본관이 어떠한 곳이던가. 방과 후에는 머물 수 없는 곳이었다. 그래서 자기 교실, 자기 자리에 머물 수 있는 고1, 고2와 달리 고3은 반드시 다른 곳으로 이동해야 했다. 신관에 있는 독서실로 말이다. 심지어 독서실에는 사물함도 없었다. 그 말인즉슨 그 많은 EBS 교재와 문제집을 다 가지고 다녀야 한다는 뜻이었다. 그래서 1, 2학년 때 야자를 했던 아이들도 고3이 되면 야자를 하지 않았다. 고3 야자 인원은 손으로 꼽아볼 수 있을 정도로 적었다.

아영이 눈을 가늘게 뜨며 자기를 보자 정원이 시선을 피하며 말했다.

"그러는 너는? 너는 왜 야자 하는데? 너 야자 1학년 때부터 했잖아."

"나? 석식 먹고 시간이나 때우려고. 우리 엄마 종일 일해서 집에 없거든."

그때 바로 뒤에서 다른 목소리가 들렸다.

"나는 아닌데. 나는 소중한 추억을 만들려고 야자를 신청했지!"

교지 편집부 동아리에서 함께 교지를 만들었던, 또

다른 동급생 예원이었다.

예원의 등장에 정원이 질색하며 반박했다.

"소중한 추억은 무슨. 폰이나 매너 모드로 바꿔놔. 밤 9시마다 알람 울리는 거 진짜 너무한 거 아니냐? 대체 9시마다 뭘 하는 거야?"

정원이 잔소리의 창과 같은 사람이라면, 예원은 넉살의 방패와도 같은 사람이었다.

정원의 잔소리를 예원은 넉살 좋게 받아쳤다.

"어허, 괴담 팟캐스트 들으면서 공부하면 얼마나 잘되는데!"

"그러면 진동 모드로 해놓든지. 그 소리에 다들 깜짝 놀라잖아!"

"애들은 9시 알람만 믿고 자던데? 아영이 얘도 야자 때마다 엎어져서 자다가 알람 듣고 깨잖아."

정원은 할 말을 잃었다는 얼굴로 예원을 보더니 혀를 쯧쯧 찼다. 예원은 정원이 그러거나 말거나 신경도 쓰지 않았다. 아영의 어깨에 팔을 두르면서 속삭일 뿐이었다.

"아영아, 소중한 추억 이야기가 나와서 말인데, 우리 오늘 소중한 추억 좀 만들어볼까?"

#3

광명고는 일제강점기에 세워진 학교였다. 배화학당이나 이화학당이라고 불리던 학교들처럼 역사 교과서에 등장할 정도는 아니었지만, 근방에 있는 그 어떠한 학교보다 긴 역사를 지닌 곳이었다. 그중에서도 붉은 벽돌과 갈색 나무로 지어진 본관은 광명고의 역사를 나타내는 상징과도 같았는데 광명고 건물 중 가장 오래된 곳이기 때문이었다.

또한 본관은 광명고 '괴담'의 중심이기도 했다. 괴담과 학교처럼 잘 어울리는 조합도 없겠지만, 알음알음 퍼져 있는 모호한 괴담과 뚜렷하면서도 구체적인 교칙이 병존하는 곳은 광명고뿐이었다.

본관은 야자 금지.

닫힌 문을 절대 함부로 열지 말 것.

광명고 교칙은 누가 들어도 수상했지만, 그 수상함
에 관심을 기울이는 이는 없었다. 광명초나 광명중이
아닌 광명'고'였기 때문이었다. 고등학생들은 괴담보다
시험을 더 두려워했고, 학교의 규칙이나 선생의 경고
보다는 교우 관계나 생활기록부를 더 신경 썼다. 그들
에게 괴담은 그냥 듣고 넘기는, 길어야 10분 정도 논할
수 있는 소소한 화제에 불과했다.

그러나 가끔은…… 그렇지 않은 이도 있었다.

광명고의 수상함에 관심과 시간을 쏟아붓는 이도
있었다.

예원이 바로 그런 사람이었다. 매일 밤 유튜브 괴담
영상을 보며 잠들던 중학생은 우연히 들은 광명고 괴

담에 매료되었고 아예 광명고로 진학했으며 교지 편집부 동아리에 지원해 교내 괴담을 조사했다. 새로 접하게 된 괴담을 확인하고자 물불을 가리지 않고 뛰어들었으며 같은 동아리원인 아영과 정원을 물귀신처럼 붙잡고 늘어졌다.

"그러니까…… 이 게시판을 뜯으면 문이 있다고?"

정원이 의아한 목소리로 묻자 예원은 기도라도 하듯 두 손을 모으면서 답했다.

"응!"

신났나 보네. 형광등을 켜지 않아 앞이 잘 보이지는 않았지만, 흥분한 얼굴로 게시판을 보고 있을 예원의 모습이 아영의 두 눈에 훤했다. 이번에 예원이 빠져든 괴담은 사실 괴담도 아니었다. 괴담보다는 정보에 더 가까웠다.

칠판을 뜯으면 앞 반과 이어진 문이 나오고, 게시판을 뜯으면 뒤 반과 이어진 문이 나온다나?

광명고에 온 뒤로, 특히 교지 편집부에 들어간 뒤로

광명고 괴담이란 괴담은 모두 조사했던 세 사람이었지만, 이렇게 구체적인 정보는 또 처음이었다. 그리고 바로 이 점이 예원의 가슴에 불을 질렀다. 몰래 본관으로 잠입해 게시판을 뜯을 거라는 예원의 말에 정원은 교칙 위반이라며 만류하였지만, 예원은 이성적인 대화가 가능한 상태가 아니었다. 예원에게 괴담은 이성이 아닌 감성의 영역에 있어서 그런 걸까? 결국 예원이 내민 미끼에 아영마저 걸려들자, 결사코 반대하던 정원도 백기를 들었다. 그냥 모르는 척하는 것도 아니고, 아예 한배를 타기로 했다.

그 결과 세 사람은 신관을 빠져나와 본관으로 잠입하였고, 수시 전형 정보가 빼곡하게 붙어 있는 게시판 앞에 서게 되었다.

"믿을 만한 정보인 거 맞아?"

정원의 질문에 예원은 고개를 끄덕였다.

"20년 전에 졸업한 선배에게 직접 들은 거야. 문과 1등으로 졸업해서 서울대 법대 찍고 재학 중에 사시

패스한 선배래. 지금은 로펌 대표고. 그러니까 확실한 정보인 셈이지. 후배에게 허위 사실을 유포하지는 않을 거 아니야."

"그게 그럴 때 쓰는 말은 아닌 것 같은데……. 대체 그런 선배들은 어떻게 수소문해서 찾아내는 거야?"

"작년에 '동문과의 대화'라는 교지 꼭지를 준비하겠다고 해서 쌤들에게 연락처를 구했거든. 남자 쌤들 말고 여자 쌤들은 다 우리 학교 출신이잖아. 쌤들 동기만 해도 수가 제법 되던데?"

"……그런 건 개인정보 보호법에 안 걸리냐? 쌤들은 뭘 믿고 너한테 개인 연락처를 넘겼대?"

"전교 3등이라……?"

"와…… 재수 없어. 그리고 아이디어가 있었으면 진짜로 그런 글을 썼었어야지. 네 사심 충족용으로만 쓰지 말고."

"시끄럽고, 빨리 게시판이나 뜯어보자."

"아니, 근데 왜 하필 우리 반이야. 아영이네 반이나

너희 반으로 가도 되잖아."

"무슨 소리를 하는 거야. 2반이랑 3반은 1층에 있잖아. 운동장에서도 훤히 보인다고. 경비 아저씨한테 걸리면 어쩌려고?"

"어차피 불 끄고 있는데 무슨 상관이야. 교실 안에서도 앞이 잘 안 보이는데, 밖에서 안이 보이겠냐."

"그건 모르는 거지. 오늘은 달빛이 있잖아. 심지어 보름달이라고."

정원과 예원이 계속 투덕거리자 참다못한 아영이 쉿소리를 내며 속삭였다.

"그렇게 시끄럽게 떠들면 운동장에서도 다 들리겠다. 어차피 뜯을 거면 빨리 뜯자. 후딱 보고 돌아가면 되잖아."

"그래. 그러자. 어차피 뜯을 거, 빨리 뜯어야지. 그리고 예원이 너 약속 꼭 지켜라? 게시판만 뜯어주면 수능 끝나고 놀이공원 쏜다고 했잖아. 한 명도 빠짐없이 우리 셋 다 가는 거야. 나중에 딴말하면 안 된다?"

"여아일언중천금이야. 나만 믿어. 내가 자유이용권이랑 밥까지 다 산다."

"아영이, 너도. 나중에 안 간다고 하면 안 돼. 꼭 가야 해. 우리 밖에서는 한 번도 만난 적 없잖아."

"……알았어."

세 사람이 힘을 합쳐 게시판 앞 사물함을 끌어당기자 밑바닥에서 소리가 새어 나왔다. 끼이익, 끼이이익. 녹슨 경첩이 움직이면서 나는 소리 같기도 했고, 무언가를 질질 끄는 소리 같기도 했다. 섬뜩한 소리는 길게 이어지다가 어느 순간 끊어졌다. 사물함을 치우자 게시판 전체가 모습을 드러냈다. 게시판은 아주 컸다. 바닥에서부터 천장에 이르기까지, 벽 중앙을 남김없이 막을 정도로 커다랬다. 게시판보다는 벽이나 문이라고 부르는 게 더 적확할 것 같았다.

게시판을 만져본 아영이 의아하다는 듯 중얼거렸다.

"엄청 얇은 합판이네. 고정도 안 되어 있어. 쓰러지지 않도록 사물함으로 막아놨었나 본데?"

"그래? 이사장이 구두쇠라 다행이네. 도구도 없는데 힘으로 뜯어야 하나 걱정했거든. 야, 김예원. 게시판 들어서 어디다 놓지? 사물함 위에 놓을까?"

예원이 침을 꼴깍 삼키더니 한 박자 늦게 답했다.

"응. 정말로 문이 있는지, 확인해보자. 아, 잠깐만!"

그러고는 휴대전화를 꺼내 교탁 위에 얹어놓고는 카메라 앱으로 촬영을 시작했다. 정원이 질색하는 얼굴로 그 모습을 보더니 혀를 쯧쯧 차며 고개를 가로저었다. 세 사람은 게시판을 들어 사물함 위에 얹어놓았고, 거의 동시에 고개를 돌리면서 뒷벽을 보았다.

희미한 달빛이 시야를 밝혔다.

교실 뒷벽 한가운데에 정말로 문이 있었다. 그것도 창문이 없는 여닫이문이었다.

예원은 헉 소리를 내며 그대로 얼어버렸고, 정원도 진짜로 있을 거라고는 생각하지 못했는지 "진짜 있다고?"라고 중얼거렸다. 아영도 조금 놀랐지만, 곧 별거 아니라고 생각했다. 교실과 교실을 이어주는 문이 하나 더 있는 것뿐이었다. 어쩌면 예전에는 교실이 아닌 다른 용도로 쓰였던 걸지도. 광명고 생활관도 예전에는 교사용 기숙사로 쓰였다고 하지 않는가. 석식을 먹고 나면 책상 위에 엎드려서 잠을 자던 아영이었다. 빨리 신관 독서실로 가서, 책상 위에 있는 수면용 쿠션에 얼굴을 파묻고 싶었다. 아영은 성큼성큼 걸음을 옮겨 손가락 끝으로 문을 만져보고는 주먹을 쥐고 똑똑 두드렸다.

"이 문도 되게 얇다. 게시판처럼 얇은 합판으로 만들었나 봐. 이 문 너머가 7반 칠판인 거지? 근데 소리가 둔탁하지 않게 울리는 걸 보니…… 건너편이 안 막혀 있는 것 같은데? 뭐, 열어보면 알겠지?"

아영이 문손잡이가 있었을 법한 구멍에 손을 집어넣어 문을 당기는 순간, 예원의 다급한 목소리가 교실 안에 울렸다.

"안 돼!"

그때 천장에서 강한 빛이 쏟아졌다. 교실 안 형광등

이 예원의 외침을 듣고 깨어나기라도 한 것처럼 갑자기 켜진 것이다. 예고도 없이 나타난 갑작스러운 빛에 세 사람은 일제히 눈을 감았다. 그래서 세 사람은 알지 못했다. 그들이 가지 말아야 할 곳에 가게 되었다는 걸.

#4

너 그 이야기 못 들었지? 3반에서 있었던 일.

3반? 윤리네? 전교 1등부터 100등까지 모의고사 등수 붙여놓는 반?

맞아. 거기 발칵 뒤집혔잖아. 어제 야자 때 미화부장이 몰래 반에 남아 있었대.

아, 환경미화 하느라?

어, 곧 환경미화 날이니까.

혼자서 안 무섭나? 나는 본관 무섭던데. 낮에도 별

이 잘 안 들잖아.

그러게. 아니, 그게 중요한 게 아니고. 야자 끝나고 정문에서 만나기로 했는데, 아무리 기다려도 안 나오더래. 그래서 애들이 경비 아저씨한테 이야기한 거지. 친구가 본관 교실에 있으니까 같이 찾으러 가자고.

그래서 찾았대?

어, 3반 교실에서. 근데, 상태가 좀 이상하더래. 벽을 막듯이 게시판을 두 손으로 막 밀면서, 그럴 리가 없다고, 자기는 분명히 나왔다고 소리를 지르더래. 얼굴은 눈물 콧물로 범벅이 되어 있고, 애들을 보더니 이걸 막아야 하니까 빨리 와서 도와달라고 했다는 거야. 경비 아저씨가 그 모습을 보더니 애들을 바로 내보냈다고 하더라고. 가서 당직 선생님 불러오라고.

와…… 뭐지. 귀신이라도 본 건가?

모르지. 근데 그때 교실로 갔던 애들 말이…… 미화 부장이 막고 있던 게시판 말이야. 게시판이 휘청거릴 때 잠깐 본 거라서 확실하지는 않지만, 분명 그 뒤에

뭔가 있었대.

뭐가? 귀신이?!

에이, 귀신은 무슨. 그 뒤에 문이 있는 것 같다던데?

#5

세 사람은 함께 눈을 떴다. 더는 눈이 부시지도, 앞이 안 보이지도 않았다. 팟 하는 소리와 함께 꺼진 형광등 대신 푸른 달빛이 시야를 밝혀주었기 때문이다. 어둡기는 해도, 충분히 앞을 볼 수 있는, 은은한 빛이었다. 이번에도 세 사람의 시선이 같은 곳으로 향했다.

문을 향해, 문 너머를 향해······.

당연한 일이겠지만, 열린 문 너머라는 건 없었다. 커다란 목판이 빈틈없이 문을 막고 있었기 때문이다. 아마도 7반의 칠판일 것이다. 그러나 칠판이라기에는······ 나무가 좀 약해 보였다. 게시판처럼 얇은 합판인가? 나무판을 두드리며 그 소리를 들은 아영이 자기 생각을 확신했을 때, 누군가 성큼성큼 다가와 아영을 툭 쳤다.

"야! 최아영. 문을 열면 어떡해? 너는 내 말을 귓등으로도 안 듣는 거야? 하지 말라는 데에는 다 이유가 있는 거라니까!"

예원은 정말 화가 났는지 목소리도 낮추지 않았다.

"어…… 그게…… 미안해."

아영의 사과에 정원이 어이가 없다는 듯 끼어들었다.

"야. 왜 아영이한테 그래. 하지 말라는 데에는 다 이유가 있다고? 그걸 그렇게 잘 아는 애가 본관에는 왜 오자고 했어?"

"내가 게시판을 뜯어보자고 했지, 언제 문을 열자고 했어? 닫힌 문을 절대 함부로 열지 말 것. 이게 무슨 뜻이겠어. 아무 문이나 열지 말라는 거잖아!"

"김예원, 적당히 해라. 괴담을 재미로만 들어야지. 그걸 왜 종교처럼 믿냐? 그리고, 문 좀 연 게 어때서. 형광등 깜빡인 거 말고 뭐 없잖아."

"와씨…… 신정원, 진짜."

예원은 어처구니가 없다는 듯 정원을 노려보았다. 두 사람 사이에 낀 아영은 바늘방석 위에 있는 듯했다. 두 사람은 교지 편집부 활동을 할 때도 이렇게 서로에게 날을 세우곤 했다. 예원은 회의 때마다 괴담 관련 꼭지를 써야 한다고 고집했고, 정원은 그렇게는 안 된다면서 대놓고 반대했다. 물론 매번 예원의 승리로 끝이 났지만……. 그래도 오늘은 놀이공원이라는 미끼 덕분에 갈등 없이 넘어갈 줄 알았는데! 이제 그 미끼라는 것도 힘을 잃은 듯했다. 하긴 다른 이도 아닌 정원이 놀이공원 자유이용권을 얻고자 이번 일을 수락했다는 것부터 뭔가 이상했다. 정원은 대체 왜 본관까지 따라온 걸까. 그나저나 이렇게 큰 목소리로 계속 싸운다면, 결국 놀이공원이 아니라 교무실에서 모이게 되겠지?

아영은 정원의 옷 끝을 살짝 잡으며 말했다.

"그만해. 내가 잘못했어. 게시판 옮긴 뒤에 빨리 독서실로 돌아가자. 예원이 너도 이따가 9시에 괴담 팟캐스트 들어야 하잖아."

"치우긴 뭘 치워. 별로 무겁지도 않던데. 앞도 잘 보이니까 혼자 치우라고 하자. 가자, 아영아."

정원은 아영의 손을 움켜쥐고는 곧장 아영을 데리고 복도로 나가버렸다. 그러고는 성큼성큼 걸음을 옮기면서 복도 끝에 있는 계단을 내려가려고 했다. 그때 뒤쪽과 아래쪽에서 거의 동시에 소리가 들렸다. 뒤에서 들리는 소리는 "야! 어디가!"라는 예원의 속삭임이었고, 아래에서 들리는 소리는…… 무언가가 바닥에 끌리는 소리였다. 사물함을 끌어당길 때 났던 소리와 묘하게 닮았지만, 등줄기를 서늘하게 만드는, 매우 소름이 끼치는 소리. 앞장섰던 정원이 걸음을 멈췄다. 아영은 힘껏 맞잡은 정원의 손에서 전해지는 긴장감을 느낄 수 있었다. 애가 갑자기 왜 멈췄지? 아영은 정원의 시선이 향한 곳을 보았고, 곧 자기 눈을 의심하게 되었다.

누군가 복도를 지나 계단을 오르고 있었다. 동그란 안경을 쓰고 검은 양복을 입은 남자였는데 손에 무언가를 쥐고 있었다. 그건 기다란 총이었다. 사람 키만큼이나 긴, 총신 끝에 총검이 달린, 나무로 만든 장총. 그가 거꾸로 든 장총을 질질 끌면서 계단을 오를 때마다 총구는 바닥을 겨눴고, 계단에 맞닿은 총검 또한 나무 바닥에 끌리면서 기괴한 소리를 냈다.

아영과 정원은 거의 동시에 뒤로 물러섰다. 일종의 본능적인 움직임이었다.

그때 예원의 목소리가 다시 들렸다.

"야! 내 말 안 들려? 게시판 같이 봐야지!"

예원이 짜증스레 내뱉은 목소리는 아주 빠르게 퍼졌다. 순식간에 복도를 지나 계단을 타고 내려가서는 결국 누군가의 귀에도 들어가고 말았다. 총을 끌고 있던 이가 천천히 고개를 들더니 계단 위에 있는 두 사람을 보았다. 놀라지도, 당황하지도 않은 백지 같은 얼굴로, 지극히 무표정하게 두 사람을 보았다. 하지만 그 무엇보다 위협적으로 느껴지는 얼굴이기도 했다.

특히 그자와 눈이 마주치던 순간, 아영은 숨을 쉴 수 없었다. 뇌리에 빨간불이 켜지면서 본능적인 두려움이 사이렌처럼 울렸다. 본능이 아영의 귀에 연거푸 속삭였다.

'위험해. 피해야 해. 도망쳐. 절대 잡히지 마. 지금 당장, 당장 도망쳐.'

예전에 엄마가 그런 말을 했었다. 엄마가 살아남은 건 두려움과 불안 그리고 공포 덕분이라고. 조금이라도 이상한 기미가 보이면, 주저 없이 도망쳐야 한다고 했다.

엄마의 가르침대로 아영은 곧장 마음의 소리를 따랐다.

"도망가야 해!"

아영은 붙잡고 있던 정원의 손을 힘껏 당기면서 몸을 돌렸다. 마침 다가온 예원의 손도 남은 한 손으로 단단히 붙잡고는 숨도 쉬지 않고 전력을 다해 달렸다.

세 사람은 곧장 반대편에 있는 다른 계단으로 갔고, 단숨에 1층으로 내려갔다. 그런 뒤에는 계단 바로 옆에 있는 3학년 4반 교실 안으로 들어갔다. 본관은 야자 시간이면 봉쇄되었다. 외부 출입구가 남김없이 잠기기에 본관에 출입하려면, 반드시 창문을 넘어야 했다.

창문을 드르륵 열고 밖으로 몸을 날린 아영이 창문을 뛰어넘으면서 생각했다. 그자는…… 계단을 내려왔을까? 우리가 이곳으로 들어온 걸 봤을까? 그렇다고 해도 달리 뾰족한 수는 없었다. 이미 들켜버렸으니까. 빨리 이곳을 벗어날 수밖에.

정원에 이어 예원도 창문을 넘었고, 세 사람은 신관 독서실을 향해 다시 힘껏 달렸다.

예원이 헉헉거리면서 아영에게 물었다.

"뭐야. 선생님이야? 아니면 경비 아저씨? 우리 들킨 거야?"

'아니, 아니야. 선생도 경비도 아니야. 저건…… 뭔가 다른 거야.'

그러나 아영은 솔직하게 말하지 않았다.

"나도 모르겠어. 처음 보는 사람이야."

"와씨, 외부인인가? 빨리 신관 가서 신고해야겠다!"

귀신은 안 무서워도 낯선 사람은 두려웠던 걸까. 예
원이 욕지거리를 내뱉으며 더 빠르게 질주했다. 반면
그자의 모습을 직접 보았던 아영과 정원은 새파랗게
질린 낯으로 아무 말도 할 수 없었다. 저건 외부'인'이
아니었다. 사람이라고 볼 수도 없었다. 두 사람의 직감
이 그렇게 말해주었다. 저건…… 예원이 말해주던 괴
담에 등장하는, 그런 존재라고.

떨쳐내지 못한 두려움 때문일까. 아영은 달리는 와중
에도 누군가 자신을 쳐다보고 있는 것 같다고 생각했
다. 집요하게 따라붙는 시선이 뒤통수에서 느껴졌다. 하
지만 다른 방도가 없었다. 그저 달음질할 뿐이었다.

세 사람은 두려움을 안은 채 날 듯이 계단을 올랐
다. 오솔길에 접어든 세 사람은 일제히 고개를 돌리며
신관을 찾았다. 본관 뒤에는 언덕이, 언덕 위에는 계단

이, 계단 끝에는 오솔길이 있는데, 오솔길 끝에 있는 갈림길에서 왼쪽으로 꺾으면 바로 신관이 나왔다.

신관은 회색 콘크리트로 만든 5층짜리 건물이었기에 오솔길에서도 그 모습을 볼 수 있었다.

그런데 울창한 나무들 너머에 있어야 할 신관이…… 보이지 않았다.

짙은 녹음에 물들어 달빛마저 푸르른 숲에는 아무것도 없었다.

#6

중3인 아영이 광명고로 진학하겠다고 결심했을 때, 같은 학교 친구들은 왜 하필 그 학교냐고 반문했다. 학습 분위기가 별로라더라, 워낙 오래된 학교라서 건물이 정말 낡았다더라, 여고라서 내신 따기가 힘들다더라, 사립이라 나이 든 선생들뿐이다 등등.

반면 같은 아파트에 사는 초등학교 친구들은 조금 다른 이유로 반대했다. 다른 곳도 아니고 목동 학군에 있는 학교가 아니냐고, 거기 아이들을 상대로 어떻게 경쟁할 거냐고, 그 엄청난 격차를 중학교 때 몇 번이나 실감하지 않았냐고, 차라리 우리끼리 모여 있는 게 낫다면서 자기들이 다니는 대안 학교로 오라고 했다.

그러나 아영은 생각을 바꾸지 않았다. 1지망으로 광명고를 써서 냈다.

사실 아영이 광명고를 택한 데에는 별다른 이유가 없었다. 멀리 있는 대안 학교로 진학해 엄마와 떨어지고 싶지는 않았으니까. 될 수 있으면 도보로 갈 수 있는 학교에 가고 싶었다. 광명고는 바로 옆 동네에 있었고 걸어서 20분 안에 갈 수 있었으며 소문에 의하면 급식도 맛있다고 했다. 그래서 택했다. 반드시 광명고여야 하는 이유가 없었던 것처럼 반드시 광명고가 아니어야 할 이유도 없었으니까.

어차피 아영은 고등학교 생활에 별다른 기대를 하

지 않았다. 그냥 학교에 가고, 들어야 하는 수업을 듣고, 해야 하는 숙제를 하고, 하루하루를 보내다가 졸업만 하면 되는 거였다. 좋은 대학에 가야 한다, 내신과 생활기록부로 수시가 결정된다, 교내 활동에도 적극적이어야 한다, 수행평가를 충실히 해야 한다……. 이런 말들은 아영에게 영향을 주지 못했다. 어차피 그런 건 대학에 가는 아이들에게나 중요한 조언이었다. 그것도 좋은 대학에 가려는 아이들에게만.

아영은 광명고로 진학했고, 그 누구보다 '평범하게' 학교를 다녔다. 사이가 좋은 이도, 사이가 나쁜 이도 없었고, 잘하는 것도, 심각하게 못하는 것도 없었다. 누구의 기억 속에서도 뚜렷한 인상으로 남지 않는, 아주 평범한 학생으로 지내왔다. 그 평범함의 어려움을 누구보다 잘 알고 있던 아영이었기에 아영은 자신의 학교생활이 만족스러웠다. 하루 두 끼 꼬박꼬박 챙겨주는 급식만큼은 조금, 아니, 아주 많이 아쉬울 듯했지만, 먼 훗날 고등학교 시절을 돌이켜보았을 때, 두고두고 되새김질하면서 후회할 일은 없을 거라고 여겼다.

하지만 오늘만큼은 진심으로 후회되었다.

광명고에 오지 말았어야 했는데, 교지 편집부에 들어가지 말았어야 했는데, 야자를 하지 말았어야 했는데, 놀이공원에 눈이 멀어 예원의 부탁을 들어주지 말았어야 했는데!

대체 나란 놈은 왜 그랬던 거지!

그런데 이게 진짜라고? 어쩌다가 그렇게 되었지? 왜 하필 나에게?

본관 괴담이 현실이 될 줄이야. 내가 괴담 속 주인공이 될 줄이야!

하지만 아영은 이내 생각을 바꿨다. 이런 생각들은 그저 현실 부정일 뿐이었다. 이미 벌어진 일을 되돌릴 수는 없으니까. 두만강을 건넜던 엄마가 중국에서 베트남으로, 라오스와 캄보디아를 거쳐 한국으로 올 때까지, 그 지난한 시간 동안 이런 생각에 매달려 있었다면…… 한국에 입국하고 하나원에서 퇴소한 뒤에도 말만 통할 뿐 아무것도 통하지 않는 나라에서 이주민이 되어 살아야 했던 지난날에 옛일을 후회하며 과거만 반추하였다면, 엄마는 끝내 중국에 있던 어린 자신을 이곳으로 데려오지 못했을 것이다.

그러니 엄마가 그러했던 것처럼 아영도 눈앞의 현실을 받아들여야 했다. 회피 없이 마주해야 했다.

"그러니까…… 예원이 네가 말해줬던 괴담이 우리에게 현실로 일어난 것 같다고."

"……."

"……."

땅에 주저앉은 정원과 예원의 두 눈에서는 초점이 보이지 않았다. 너무 놀란 나머지 넋이 나간 듯했다. 아영은 침착하게 다시 말을 이었다.

"그 게시판 괴담 말이야. 미화부장이 문을 게시판으로 막으면서 자기는 분명히 나왔다고 했다며. 그 말은, 미화부장도 문을 열었었고, 어딘가에 갇혔었다는 게 아닐까? 그리고 그곳이 바로 이곳이고?"

"......"

"......"

패닉에 빠진 두 사람에게 아영은 같은 말을 하고 또
했다.

그 괴담이 진짜였다고, 조금 전 본관에서 보았던 이
는 사람이 아닌 다른 무언가였고, 지금 우리는 우리가
알던 광명고가 아닌 다른 광명고로 온 게 분명하다고,
빨리 이곳을 벗어날 방법을 찾아야 한다고.

"그러니까 우리도 나갈 수 있을 거야. 미화부장도 빠
져나왔으니까. 우리도 빠져나갈 수 있겠지."

같은 말을 다섯 번이나 반복해서 그럴까. 드디어 누
군가 반응을 했다.

"어떻게?"

예원의 물음에 아영은 고개를 가로저었다.

"그건 나도 모르지. 이제부터 찾아보자. 아, 3학년
5반 교실로 다시 가보자. 게시판 문을 열어서 여기로
온 거니까, 문을 닫으면 다시 돌아갈 수 있지 않을까?"

"뭐? 거기는 총 든 놈이 있다며!"

"하지만 방법이 없잖아. 소리만 내지 않으면 안 들킬지도 몰라."

그때 나무 아래에 주저앉아 입을 꾹 다물고 있던 정원이 말했다.

"강당 자리에 있는 저쪽 건물 말이야. 저거…… 기숙사야. 100년 전에 있던 광명고 기숙사. 저 건물은 한국전쟁 때 무너졌어. 나중에 저 자리에 강당이 세워졌고."

정원의 시선이 갈림길 오른쪽에 있는 한 단층 건물로 향했다.

"창립 100주년 교지 만들 때 내가 사진을 맡았었잖아. 선생님들이 준 옛날 광명고 사진에서 봤어. 저건 분명 광명고 기숙사야."

그러자 예원이 진짜로 괴상한 말을 들었다는 듯한 얼굴로 정원에게 되물었다.

"그게 무슨 소리야……. 우리가 지금 100년 전으로 와 있다는 거야? 타임 슬립이라도 했다고?"

"모르지. 알고 보면 다 같이 독서실 책상 위에 엎드려서 꿈나라 여행을 하는 걸지도."

그때 사이렌 소리가 고막을 찌르면서 세 사람의 대화를 집어삼켰다. 세 사람은 깜짝 놀라 바로 옆에 있는 버드나무 아래로 몸을 숨겼다. 길게 드리운 가지와 잎이 세 사람을 가려주었다. 얼마 뒤 100년 전에 기숙사였다는 건물에서 사람들이 쏟아져 나왔다. 세일러복을 입은 이도 있었고, 몸뻬를 입고 모자를 쓴 이도 있었으며 한복을 입은 이도 있었다. 그들은 열을 맞춰 어딘가로 향했고, 언덕 위와 아래를 이어주는 비탈길을 지났다. 더는 그 모습이 보이지 않자 세 사람도 조심스레 움직이며 언덕 끝에 엎드렸다. 아래를 내려다보자 본관 옆 운동장에 모이는 사람들이 보였다. 질서정연하게 열 맞춰 서 있는 소녀들은, 학생처럼 보이지 않았다. 명령을 기다리는 군인 같았다. 소녀들 앞에는 커다란 단상이 하나 있었고 그 위에도 사람들이 있었는데, 학생은 아니었다. 모두 양복을 입은 어른이었다.

남성도 있었고, 여성도 있었다.

저들이 100년 전 사람들인지, 다른 차원의 사람들인지는 모르겠지만, 아영의 본능은 확신하듯 외쳐댔다. 절대 저들에게 발견되어서는 안 된다고.

그중 단상 위에 있는 누군가가 아영의 시선을 사로잡았다. 아영은 한눈에 그자를 알아보았다. 본관에서 보았던 이였다. 총을 질질 끌고 다니던, 도저히 사람 같지 않았던 이. 그는 학생들에게 뭐라고 외치고 있었다. 뭐라고 말하는 건지는 너무 멀어서 잘 들리지 않았지만, 한국어가 아닌 것 같았다. 또 억양과 동작이…… 극도로 절제되어 있었다. 개머리판을 움켜쥐고 총대를 어깨에 얹은 채 단상 위에서 걸음을 옮기고 있는 그의 모습은 각 잡힌 군인처럼 보였다. 총을 바닥에 질질 끌면서 배회하듯 다녔던, 유령 같았던 본관에서의 모습은 더는 찾아볼 수 없었다.

일장 연설과도 같은 말이 끊어지는 순간, 그자가 언덕 위를 손으로 가리켰다. 그러자 운동장에 서 있던 사람들의 고개가 일제히 이곳으로 향했다. 수십, 수백 쌍의 눈이 이곳을 보았다. 그들의 눈빛이 언덕을 타고 올라, 언덕 끝에 엎드려 있는 아영의 온몸을 훑는 것 같았다. 아영은 흠칫했고, 곧 두려움에 사로잡혔다. 이 번에는 정원과 예원도 아영과 같은 생각을 한 듯했다.

"저 새끼 뭐야. 아까 우리가 도망쳤던 방향을 가리키 는 것 같은데? 우릴 잡으러 오는 건 아니겠지?"

"서…… 설마. 아니, 근데 다들…… 뭔가 이상해. 다 들 표정이랑 행동이 판에 박은 듯 똑같지 않아?"

"와씨! 이쪽으로 온다!"

"젠장, 어떡하지?"

그때 세 사람이 엎드려 있던 곳 바로 옆에 있는 소 나무에서 툭 하는 소리가 났다. 날아온 돌멩이가 나 무에 부딪히며 떨어진 것이다. 세 사람은 돌이 날아온 방향으로 다급하게 고개를 돌렸고, 한 소녀를 보게 되 었다. 타탄체크 무늬 치마 아래로 녹색 체육복 바지를 입은, 한쪽 발에만 삼선 슬리퍼를 신은 소녀였다. 소녀는 조용히 하라는 듯 검지를 입술에 잠시 대더니 이쪽으로 오라고 손짓했다.

빨리, 빨리. 소녀의 입술이 소리 없이 외쳤다.

#7

선생님, 선생님. 비도 오는데 무서운 이야기 좀 해주세요.

뭐? 무서운 이야기? 나는 너희들 성적이 제일 무서워요. 곧 수능인데 이따위로 할 거야? 그리고, 너희 중에 수특 아직도 못 끝낸 사람 있어? 《수능 완성》이 나온 지가 언제인데 아직도 《수능 특강》을 하고 있으면 어쩌자는 거니? 영어는 절대평가라서 만만해? 얘들아. 그거 한 번만 보는 거 아니야. N독 해야 한다니까? 너희는 수시를 최저 없는 데만 쓰니? 수시 다 떨어지면 정시 안 하고 재수하게?

에이, 선생님. 그러지 말고 무서운 이야기 하나만 해 주세요.

아니, 예원이 너까지 왜 그래? 앞장서서 분위기 흐릴래?

그거 있잖아요. 본관에서 야자 하던 학생이 실종되었다는 괴담. 그거 진짜예요?

……그 소문이 아직도 도니? 그거 내가 학교 다닐 때, 우리 옆 반 애 이야기인데.

와, 그러면 그 소문이 진짜예요?

그럴 리가. 실종도 아닌데 왜 그렇게 소문이 났나 모르겠네. 그리고 야자 하다가 그랬던 거 아니야. 그때 걔가 환경미화 때문에, 지금은 없어져서 너희는 모르겠지만, 그때는 학생들이 교실이랑 화장실도 다 청소하고, 게시판도 꾸미고 그랬어. 아무튼 환경미화 하려고 몰래 본관에 남았다가 잠들었던 모양이야. 아니면 헛것을 보았거나. 애들 말로는 걔가 엄청 놀라서 엉엉 울었다고 하더라고.

그래서요? 그래서 어떻게 되었는데요?

어떻게 되긴 뭐가 어떻게 돼? 걔 완전 멀쩡했다니까? 아무 일도 없었다는 것처럼 학교도 잘만 다니더라. 아, 아니구나. 걔가 나중에 어떻게 되었는 줄 알아?

어떻게 되었는데요?

전교 1등 했어. 1등. 선생님이 다닐 때는 모의고사를 매달 봤었거든? 그런데 100등 안에 한 번도 들어온 적이 없었던 애가 다음 달 모의고사에서 1등을 했다니까? 걔 결국에는 정시로 서울대 법대 갔다? 대학교 3학년인가 4학년 때 사시도 패스했대.

와…….

와, 엄청나지? 그렇다고 너희도 서울대 가겠다고 몰래 본관에 남지는 말고. 그런다고 서울대 가는 거 아니야. 공부를 해야 가지, 공부를 해야. 본문을 못 외우겠으면 뒤에 있는 해석본이라도 외우든지. 자, 그러면 책 펴자. 챕터 10, 빈칸 추론 3번 할 차례지? 3번 일어나서 첫 문장 읽고 해석해.

#8

아영과 정원 그리고 예원이 입고 있는 옷은 광명고 하복이었다. 하얀 칼라 셔츠와 남색 타탄체크 치마. 반면 세 사람을 부른 이는 8월에 입기에는 적당하지 않은 옷을 입고 있었다. 녹색 니트와 황갈색 타탄체크 치마, 광명고 동복이었다. 치마 아래로 보이는 녹색 바지도 분명 광명고 체육복이었다. 세일러복이나 한복 혹은 몸뻬를 입은 채 이쪽으로 다가오는 이들보다는 훨씬 더 믿을 만한 복장이었기에 세 사람은 눈빛으로 무언의 대화를 나눴고, 어서 따라오라고 손짓하는 소녀의 뒤를 주저함 없이 따랐다.

그리고 얼마 뒤 자신들의 선택이 옳았음을 알게 되었다.

광명고는 언덕을 기준으로 위아래로 나뉘었는데, 언덕 아래에는 운동장과 본관, 생활관이, 언덕 위에는 신관과 강당, 아니 기숙사가 있었다. 광명고가 넓기는 해도, 저렇게 많은 인원의 눈을 피하면서 몸을 숨길 수 있을 정도로 넓은 건 아니었다. 저들의 수색을 피하려면 언덕 아래로 도망쳐야 했다. 언덕 위에서 벗어나야 했다.

그런데 방법이 없었다. 이용할 수 있는 길이 없기 때문이었다. 언덕 위와 언덕 아래를 이어주는 건 양쪽에 있는 비탈길 두 개와 중앙 계단뿐이었는데, 세 무리로 나뉜 저들이 일사불란하게 오르고 있었다. 그렇다고 가파른 언덕을 손발에만 의지해 내려갈 수도 없는 노릇이었다.

그런데 소녀가 세 사람을 다른 길로 안내해주었다. 정확히는 길이 아니라 사다리였다. 중앙 계단에서 살짝 떨어진, 유독 경사가 가팔라 절벽처럼 보이는 곳이었다. 그곳에 사다리가 있었다. 단풍잎을 닮은 잎이 포개지듯 돋아난 덩굴은 사다리와 사다리를 오르내리는 이들을 모두 감춰줄 수 있었다.

광명고를 2년 반이나 다녔던, 심지어는 본관 생활

을 반년이나 했던 세 사람도 이곳에 사다리가 있다는 걸, 무성한 덩굴이 있다는 걸 알지 못했다. 생각해보니 세 사람은 매일 학교에 머무르면서도 학교에 대해 아는 게 없었다. 이곳에 무엇이 있는지, 이곳의 과거는 어떠했는지, 대체 무슨 일이 있었던 건지, 그리고 지금은 무슨 일이 벌어지고 있는지를……

아영과 정원이 헛소문이라고 치부했던 괴담조차 알고 보니 현실이지 않은가.

그건 이곳 광명고에 있는 이들도 마찬가지였던 걸까. 다들 여기에 사다리가 있다는 걸 모르고 있는 듯했다. 누구도 이쪽에 관심을 주지 않았기에 네 사람은 언덕을 오르는 이들을 아슬아슬하게 피하면서 무사히 언덕 아래로 내려올 수 있었다. 물론 그 무사했던 순간에도 두려움은 있었다. 조금 전 사다리를 내려올 때, 아영은 또 그자를 보았다. 총신 끝에 달린 총검의 날은 녹색 달빛을 반사하면서 섬뜩하게 반짝였고, 총을 쥔 채로 걸음을 옮기는 이의 얼굴은 여전히 소름 끼칠

정도로 무표정했다. 아영은 덩굴 잎에 얼굴을 파묻은 채 몸을 굳혔다.

들키면 죽는다. 입안에 고여 있던 두려움이 아영에게 그렇게 말했다.

들키면 죽는다고, 그러니까 절대로 들켜서는 안 된다고.

아영만 이런 생각을 했던 건 아니었는지, 사다리에 있던 이들이 모두 동작을 멈췄다. 가쁜 숨을 고르면서 숨소리마저 감췄다. 특히 그자의 모습을 처음으로 가까이에서 본 예원은 큰 충격에 빠진 듯했다. 그자가 멀어지면서 더는 모습이 보이지 않았는데도, 차마 다음 칸으로 발을 내딛지 못했다. 제일 먼저 아래로 내려간 소녀가 사다리를 가볍게 흔들며 재촉하고 나서야 예원은 다시 몸을 움직였다.

소녀가 세 사람을 데려간 곳은, 본관 1층이었다. 정확히는 3학년 4반 교실. 소녀는 세 사람이 본관에서 도망치던 걸 봤었는지, 열려 있는 창문을 자연스럽게

넘으면서 세 사람에게 어서 들어오라고 고갯짓했다. 세 사람이 모두 교실 안으로 들어오자 소녀는 소리 없이 창문을 닫았고, 드디어 입을 열었다.

"너네…… 게시판 뒤에 있는 문을 열었구나?"

#9

"그러니까, 너도 게시판 뒤에 있는 문을 열어서 여기로 오게 되었다고?"

예원의 질문에 소녀는 고개를 끄덕였다. 소녀는 예원과 대화를 나누면서도 시선을 창문 밖으로 고정하고 있었다.

"그런데 내가 열고 들어왔던 문은 바로 앞에서 닫혀버렸어. 그 뒤로는 아무리 열려고 해도 열리지 않았고. 다른 문이 열린 적도 있기는 한데…… 자기가 열었던 문이 아니면 넘어갈 수 없는 것 같아. 그러니까 그 전에 돌아가. 문이 완전히 닫히기 전에."

이번에는 정원이 입을 열었다.

"그러면 여기가 어딘지도 알아? 내가 분명히 전에 봤거든. 옛 광명고 사진들. 여기랑 똑같았어. 여기……100년 전 광명고 맞지?"

"……그렇구나. 과거 모습이라는 건 알고 있었는데, 옛 광명고랑 똑같다는 건 몰랐네. 근데…… 옛날은 아니야."

"옛날이 아니라고?"

"그냥 다른 거야. 옛날의 모습을 한 다른 거. 그러니까, 과거처럼 보이는 현재라는 거지. 여기는 우리가 알던 광명고 속에 숨겨진 또 다른 광명고야."

"하지만……."

"네 눈에는 저들이 그저 '옛사람'으로만 보여?"

"……."

정원은 아무 말도 하지 못했다. 정원의 눈에도 저들이 '옛사람'처럼 보이지는 않는 모양이었다. 사실 저들을 사람이라고 할 수도 없을 것 같았다.

소녀는 창문 너머를 여전히 주시하면서 말을 이었다.

"언덕 위 수색을 끝내면 바로 아래로 내려올 거야. 그러니까 너희도 빨리 도망가. 문이 열려 있을 때 서둘러서 나가야 해. 안 그러면 여기에 갇히게 된다고. 나처럼……."

그러더니 손을 뻗으면서 창문을 열려다가 잠시 멈칫하며 조금 힘겹게 말을 뱉었다.

"내 이름은 김유진이야. 혹시 우리 엄마가…… 학교가…… 나를 찾고 있어?"

"……."

"……."

아영과 정원은 김유진이라는 학생이 학교에서 실종되었다는 것도 지금 처음 알았기에 소녀의 질문에 답을 해줄 수 없었다. 예원이라면 알고 있지 않을까? 그래서 두 사람은 고개를 돌려 예원을 보았다. 그러나 예원도 미로에 갇힌 듯한 얼굴이었다. 아니, 매우 놀랐는지 새하얗게 질린 얼굴로 소녀를 보고 있었다.

"……."

소녀의 얼굴에 쓴웃음이 떠올랐다.

"그래, 그렇겠지. 나만 남았으니까……. 그러면 이만 가볼게."

창문을 열고 빠르게 창틀을 넘은 소녀는 순식간에 사라져버렸다. 정원이 밖을 잠시 보더니 드르륵 창문을 닫았다.

"우리도 가자. 2층으로 가야지. 5반 교실이 있는 곳으로."

아영도 정원의 의견에 동의하는 바였다. 일단은 왔던 곳으로 돌아가야 하니까.

그런데 예원이 교실 문을 열려는 아영을 붙잡았다. 잔뜩 겁에 질린 얼굴이었다.

"이름이 똑같아."

"뭐?"

"김유진. 나한테 게시판 괴담 알려준 선배랑 이름이

똑같다고. 게시판 괴담의 주인공 말이야. 그 미화부장의 이름이 김유진이야."

"……그게 뭐? 흔한 이름이잖아."

"만약에…… 저 사람이 진짜 김유진이라면? 그 선배라는 사람이…… 아니, 저 사람이 김유진이 아니라면? 아니지. 내가 지금 무슨 소리를 하는 거지."

"일단은 여기서 나가야 해. 다른 건 그다음에 생각하자. 아까 그랬잖아. 문이 닫히면 나갈 수 없다고. 지금은 시간이 없어."

"아영이 말이 맞아. 여기를 나가고 난 다음에 생각하자."

예원은 여전히 혼란에 빠진 듯했지만, 알겠다며 고개를 끄덕였다.

세 사람은 교실 문을 열고 밖으로 나갔다. 기척을 살피며 주변을 확인하고는 조용히, 그러면서도 빠르게 걸음을 옮겼다. 삐거덕삐거덕. 오래된 목조 계단이 소리를 냈다. 세 사람은 흠칫하며 숨을 죽였고 OMR 답

안지에 컴퓨터용 사인펜으로 마킹을 하듯 조심스레 2층으로 올라갔다. 자신들이 알고 있는 유일한 탈출구로, 3학년 5반 교실로 향했다. 드디어 교실 앞문에 도착한 세 사람은 차례차례 교실 안으로 들어갔고, 그 순서 그대로 같은 반응을 보였다.

놀람, 실망, 좌절.

교실 뒤에 있는 문이 닫혀 있었다.

"문이…… 닫힌 거야?"

예원의 반문에 정원이 쉿 하고 소리를 내면서 침착하게 앞문을 닫았다. 한달음에 뒷벽으로 간 예원이 손을 뻗어 문손잡이를 움켜쥐었다. 예원이 문을 열었을 때는 분명 없던 손잡이였다. 그런데 아무리 돌리면서 당겨도, 문은 꿈쩍도 하지 않았다.

"안 열려, 안 열려! 문이, 안 열려!"

정원이 황급히 달려가 예원을 만류했다.

"조용. 예원아. 조용히."

"아니, 문이 안 열린다니까?"

"그러니까, 문이 안 열리니까 조용히 해야지. 우리 아직 여기에 있잖아. 밖에 다 들린다고."

정원은 흥분한 예원을 물러나게 한 뒤 문손잡이를 돌려보았다. 역시나 문은 움직이지 않았다. 문이 아예 닫혀버린 걸까? 세 사람은 낙심했고, 한참이나 말이 없었다. 우두커니 제자리에 서서 닫힌 문만 보았다. 그때 어딘가에서 소리가 들렸다. 아직 끝이 아니라고, 가까우면서도 아득하게 울리면서 세 사람을 불렀다.

"어, 저거 너 폰 알람 소리 아니야?"

"어? 어, 그러네?"

"와, 내가 진동 모드로 바꿔놓으라고 그렇게 말했는데, 안 바꿨네."

"근데…… 나 휴대폰을 교탁에 뒀었는데……. 영상 찍으려고."

두 사람이 고개를 돌리며 교실 앞쪽을 보았다. 앞문 근처에 서 있던 아영도 자연스레 교탁 위를 보았다. 교탁 위에는 휴대전화가 없었다. 그 위에 놓인 건 커다란 목검이었다.

"네 폰은 원래 교실에 있나 봐."

정원의 말에 예원이 문에 바짝 다가가면서 귀를 댔다.

"이렇게 가까운데…… 바로 옆에 있는 것 같은데."

그때 어딘가에서 탕 하는 소리가 들리더니 창문이 쨍그랑 깨졌다. 갑작스러운 소란에 세 사람은 본능적으로 몸을 숙였다. 총, 총이다. 그자가 총을 쐈다. 그것도 3학년 5반 교실로 조준해서 총을 쏘았다. 세 사람이 이곳에 있다는 걸 알아차린 게 분명했다.

어디, 어디까지 온 거지?

아영은 허리를 굽히며 창문 쪽으로 다가가서는 조심스레 고개를 들며 밖을 살폈다. 언덕 위와 아래를 이어주는 계단 끝에 그자가 있었다. 아영은 순간 눈까지 마주쳤다. 그자의 무표정하던 얼굴에도 드디어 변화가 생겼다. 소리 없는 웃음이었다. 꿈에서도 다시는 보고 싶지 않은, 아주 섬뜩한 웃음. 그가 쥐고 있던 총을 내리며 뭐라고 외치자, 언덕 위에 모여 있던 이들이 계단과 비탈길을 내려가기 시작했다. 행렬하는 군인들이 낼 법한 질서 정연한 발걸음 소리가 쿵쿵 언덕을 울리면서 퍼졌다.

"와씨. 우리 잡으러 오는 거야? 우릴 찾아낸 거야?"

예원은 연거푸 욕을 내뱉으면서 어쩔 줄 몰라 했고, 정원은 침착한 목소리로 말했다.

"문이 잠겼잖아. 일단 도망칠까?"

도망을 친다고? 어디로?

황국신민 어쩌고저쩌고,라고 적힌 종이를 칠판 옆에 붙여놓은 학교에서,

학생들이 군사훈련을 받는 학교에서,

선생이라는 이들이 교탁 위에는 목검을 두고, 총을 들고 다니는 학교에서,

대체 어디로? 어떻게?

아영은 이곳에 남을 생각이 전혀 없었다.

'이제 곧 졸업인데. 급식도 안 주는 학교에서 귀신 같은 이들에게 쫓기며 살라고?'

무언가를 결심한 아영이 허리를 숙이며 다시 교탁까지 걸어갔다. 이를 꽉 깨물며 교탁 위에 놓인 목검을 움켜쥐더니 깊은 숨을 내쉬면서 교실 뒤편으로 갔다.

"우리 엄마가 예전에 그랬거든. 뒤도 돌아보지 않고 도망가야 할 때도 있지만, 가끔은 너 죽고 나 죽자는 마음으로 맞서야 할 때도 있다고."

그러더니 묵직한 목검을 힘껏 내리치면서 문을 부수기 시작했다.

퍽 하는 소리 한 번에 균열이 생기고, 퍽 하는 소리 두 번에 구멍이 났다.

옆에 있던 정원과 예원의 표정도 놀라움에 산산이 부서졌다.

"그래봤자 얇은 합판일 뿐이야! 안 열리면 부수면 돼!"

퍽퍽 하는 소리와 함께 휴대전화의 알람 소리가 점점 더 커졌다.

#10

세 사람은 학교로 돌아왔다.

돌아온 세 사람을 기다리고 있는 건, 수시 원서 접수와 중간고사, 수능 그리고 기말고사였다.

#11

아영은 패딩을 바닥에 깔고 그 위에 앉아서는 퍼레이드를 보았다. 산타 모자를 쓴 사람이 아이들의 손을 붙잡으며 춤을 추고, 엘프 복장을 한 사람은 구경하는 이들에게 손가락 하트를 날렸다. 이번 테마는 크리스마스인가? 어렸을 때 봤던 퍼레이드는 미치광이처럼 보이는 과학자가 폭탄 맞은 듯한 머리를 하고는 곡예에 가까운 춤을 췄던 것 같은데. 그때가 언제였더라……. 초등학교 6학년 때였나? 기억이 잘 나지 않았다. 구정 당일과 추석 당일을 제외하고 363일 내내 가게 문을 열어야 하는 자영업자의 딸에게 놀이공원에 가는 날이란 2월 29일에 태어난 사람이 고대하는 생일과도 같았다.

"자, 이거 먹어."

정원이 뒷자리에 앉더니 아영에게 콜팝을 하나 건네주었다. 아영은 고맙다고 말한 뒤 빨대로 콜라를 마셨다. 바로 뒤에서 정원의 목소리가 들렸다.

"수능 끝나서 그런가? 사람이 너무 많다. 뭘 탈 수가 없네. 이것도 엄청 기다려서 산 거야."

"예원이는?"

"아, 뭐라더라. 싱글라이드? 혼자 타면 빈자리에 바로 탈 수 있다고 그거 타러 갔어."

"그렇구나."

정원은 한참 있다가 아영에게 물었다.

"너는 어느 대학 갈 거야?"

아영은 꼬치로 팝콘치킨을 콕 찍으며 답했다.

"안 가. 당분간은 엄마 가게에서 일할 거야. 엄마가 졸업 전까지는 절대 안 된다고 그래서 일을 못 했거든. 근데, 이제는 성인이니까."

"뭐? 대학을 안 간다고?"

"나중에 배우고 싶은 게 생기면 갈지도 모르지. 아무튼 지금은 안 가."

"……."

"……."

"가게는 어딘데? 집 근처야?"

"고척시장에 있어. 족발집."

"고척시장 족발집? 어? 혹시 고척돔 건너편에서 오향 족발 파는 가게?"

"맞아."

"거기 완전 맛집인데! 엄청 유명하잖아!"

"어. 그래서 엄마가 엄청 바빠."

아영이 심드렁한 목소리로 답하자 정원이 피식 웃었다. 그러고는 손가락으로 아영의 등을 쿡쿡 찌르면서 무언가를 고백하듯 말했다.

"너 정말 특이한 아이 같아."

"……욕하는 거야?"

"아니, 그런 게 아니라. 그냥 뭔가 재미있어. 너랑 나랑 같은 중학교 나온 거 알아? 우리 영어 수업도 같이 들은 적 있다?"

"그래? 근데 너랑 나랑 영어 성적이 전혀 다를 텐데."

"2학년 1학기 수업은 번호순이었거든."

"아……."

"그때 수행평가가 3분 스피치였잖아. 주제에 맞춰서 영어로 말하는 거."

"뭐, 그랬던 것 같기도."

"생각해보면 한국어로도 비문 없이 3분 동안 말하는 게 쉽지 않은데. 영어로 하라니 진짜 죽을 맛이었지."

"아, 맞아, 그랬지."

"네가 했던 발표가 정말 인상 깊었거든. 그래서 교지 편집부에서 만났을 때, 너 바로 알아봤다?"

아영은 그제야 고개를 돌리며 정원을 흘깃 보았다. 그 발표를 아직도 기억한다고? 그때 어떻게 발표했는지 기억이 잘 나지는 않지만, 중2 때면 인공지능 번역기도 쓸 줄 몰랐을 때였다. 틀림없이 엉망이었을 거다.

"그때면 내가 할 줄 아는 영어가 헬로, 하이, 바이, 땡큐, 이런 거밖에 없었을 텐데."

"어, 맞아. 그날 너 엄청 뚱한 얼굴로 나와서는 헬로, 땡큐, 바이, 이렇게 말하고는 바로 들어가버렸어. 선생님이 너무 짧다고 뭐라고 하니까 아, 예, 이러더니 신경도 안 쓰더라?"

"그랬나. 그랬던 것 같기도 하고."

"나 너 다시 만나서 엄청 기뻤어. 친해지고 싶었고."

"……"

"근데 너랑 친해지기 되게 어렵더라. 밖에서 한 번만 보자고 그렇게 말했는데, 절대로 안 나오고."

"……"

"나 사실 야자도 너랑 친해지고 싶어서 한 거야."

"……."

"그때…… 문 부술 때도 있잖아. 진짜 멋있다고 생각했어."

이런 상황에 면역이 없었던 아영은 정원의 말에 뭐라고 답해줘야 할지 알 수가 없었다.

'너도 멋있어. 넌 항상 침착하게 이성적으로 대처하잖아. 네 잔소리는 싫었지만, 네 관심은 좋았어. 가끔급식 반찬도 나눠 줘서 고마워. 먼저 다가와줘서 사실나도 기뻤어.'

아영이 잠시 고민하는 사이, 산타와 엘프 분장을 한사람들이 지나가고, 발레리나와 쥐 분장을 한 사람이 다가왔다. 그리고 그 사이로, 익숙한 무언가가 보였다. 아니, 절대 익숙해지고 싶지 않은, 다시는 보고 싶지 않은 모습이 보였다. 누군가가 총을 질질 끌며 이쪽으로 다가오고 있었다. 아영은 흠칫 놀라 자리에서 일어날 뻔했다. 그러나 자세히 보니 복장이 달랐다. 총을 들기는 했지만, 양복 입은 선생이 아니었다. 빨간 군복을 입고 춤을 추는 호두까기 인형이었다.

아영이 안도의 한숨을 내쉴 때, 누군가 아영과 정원을 툭 쳤다.

"너희 피곤해서 앉아 있는 거야? 놀이공원에서는 놀이기구를 타야지! 근데 정원이는 왜 얼굴이 빨개? 더워?"

"뭐래. 아니거든!"

"아니면 말고. 아, 근데 있잖아."

"또 무슨 이야기인데……. 종일 말했는데도 아직도 할 말이 남았어?"

"무슨 소리야. 내가 알아낸 거 다 알려주려면, 우리 오늘 여기서 밤새야 함."

정원의 타박을 예원이 넉살 좋게 받아치며 말을 이었다.

사실 세 사람은 그날 그곳에서 돌아온 뒤로 다시 모인 적이 없었다. 예원이 야자를 그만뒀기 때문이다. 예원은 자기가 괴담을 즐겼던 건, 괴담 속 상황을 자신이 겪을 일이 없기 때문이었다고 했다. 일종의 안전한 공포랄까. 즐길 수 있는, 안전한 공포. 하지만 그 일을 겪은 뒤로 더는 자신이 안전하지 않다는 걸 알게 되었다고, 그래서 무섭다고 했다.

예원은 자기 휴대전화에 녹화된 영상을 확인도 하지 않고 삭제했고, 야자도 하지 않았으며 괴담 팟캐스트도 더는 듣지 않았다.

대신 예원은 다른 것에 매달리기 시작했다.

바로 광명고의 역사였다. 예원은 '그곳'이 어쩌다가 생긴 건지, 그 이유를 찾고 싶어 했다. 그래서 광명고의 역사를 파헤쳤다. 광명고가 원래는 어떤 곳이었는지, 예전에는 무슨 일이 있었는지, 이사장이 어떻게 친일을 했고 미군정 때는 어떻게 태세를 전환했는지, 독재 정권 때는 어떻게 권력자에게 빌붙었는지, 학생들에게는 어떤 일이 벌어졌던 건지, 그리고 지금은 무슨 일이 벌어지고 있는지를.

예원은 놀이기구 탑승 순서를 기다리는 내내 자기

가 알아낸 걸 남김없이 전했다. 롤러코스터를 타고 소리를 지를 때보다 더 흥분한 듯한 모습이었다.

예원이 알아낸 것 중에는 그날과 관련된 것도 있었다.

가령 '그곳' 광명고 학생들이 몸뻬를 입고, 모자를 썼던 이유.

몸뻬는 원래 에도시대 때 일본 동북 농촌 지역에서 입었던 옷이라고 한다.• 농사일을 할 때 입었던 옷이라고. 그런데 일제가 조선의 여학생들에게도 몸뻬를 입으라고 강요했다. 처음에는 방공 훈련할 때만, 나중에는 아예 교복으로. 다른 학교들은 몸뻬를 아예 거부하거나 전에 없던 교복 바지를 처음으로 허용해 몸뻬 대신이라고 우겼지만, 광명고는 몸뻬 착용에 아주 적극적인 학교였다. 안타깝게도 그러했었다. 예원은 100주년 교지에 싣지 않았던 옛 광명고 사진 중에서 몸뻬를 입고 분열식을 하는 선배들의 사진까지 찾아냈다.

• 최규진,《일제의 식민교육과 학생의 나날들》, 서해문집, 2018, p. 72.

아영과 정원은 정말 혀를 내둘렀다. 갑자기 야자를 그만둔 데다가 우연히 마주쳐도 당황하며 피하기에 그날 일을 떠올리기도 싫어하는 줄 알았는데. 그게 아니었던 거다.

오히려 집착하듯 파헤치고 있었다니! 이래서 휴덕은 있어도 탈덕은 없다고 하는구나.

예원은 퍼레이드 행렬이 한 바퀴 돌 때까지 높은 볼륨의 배경음악을 꿋꿋이 이겨내면서 계속 말을 뱉었다.

마차에 탄 루돌프가 양손을 흔들며 사람들에게 작별 인사를 하고, 사람들이 하나둘 자리에서 일어나 다른 곳으로 갔다. 정원과 아영도 자리에서 일어났다.

그러자 예원이 마지막 화제를 꺼냈다.

"나…… 그 선배한테 연락받았다. 김유진 선배. 게시판 뜯으면 문이 있다고 알려줬던 선배 말이야."

"……"

"……"

"그날 그 일이 있고 나서 며칠 뒤였던 것 같아. 선배가 메세지를 보냈거든. 혹시 게시판 문을 연 건 아니냐고. 게시판 뒤에 문이 있다고 괜히 말해준 것 같다고, 걱정돼서 연락했대."

곧 정원의 목소리가 들렸다.

"그래서? 뭐라고 했는데?"

"뭘 뭐라고 그래. 문이 있는 것만 확인하고 안 열었다고 했지. 그랬더니 다행이라고 하더라고."

"······."

"근데 아이폰끼리는 상대방이 자판을 치고 있을 때 말줄임표가 뜨잖아. 그 선배가 정말 한참을, 한참을 뭘 썼는데. 결국에는 나한테 안 보냈다? 뭐라고 보내려고 했던 걸까? 아무튼 좀 싸하더라고."

"······."

"······."

아영과 정원이 생각에 잠긴 채 말을 하지 않자 예원이 분위기를 바꾸려는 듯 웃으며 말했다.

"우리 이제 나갈까? 다리 아파서 못 타겠다며. 나 출출한데. 뭐라도 좀 먹으러 갈까?"

"그래. 그러자."

흔쾌히 답한 정원과 달리 아영은 휴대전화로 시간을 확인했다.

벌써 8시 반이었다. 놀이공원 밖으로 나가서 야식을 먹고 나면 10시가 넘을 듯했다. 아영은 2호선 양천구청역에서 내려야 집에 갈 수 있었다. 2호선 잠실역에서 신도림역까지 가서, 거기서 신정지선 열차로 환승을 해야 하는데. 막차가 몇 시였더라?

아영이 휴대전화를 보며 잠시 고민하자 예원은 아영의 속내를 알아차리기라도 한 듯 천연덕스럽게 말했다.

"아영이 너 목동 뒷단지 쪽에서 산댔지? 오늘은 고척시장 가서 먹을까? 나랑 정원이는 거기서 5712번 버스 타고 신정네거리역에서 내려서 좀 걸어가면 되거든. 가서 뭘 먹지. 족발은 어때? 거기 엄청 맛있는 오향족발집이 있다는데."

그러자 정원의 얼굴이 점점 벌게졌다.

"야! 너 뒤에서 다 들었지!"

"뭔 소리야. 고척시장 족발집 엄청 유명하거든?"

아영은 깔고 앉았던 패딩을 툭툭 치며 털더니 팔을 꿰어 넣으며 말했다.

"가자. 족발은 내가 공짜로 줄게."

"와, 진짜? 역시 맛집 사장 딸은 다르구나!"

"거봐! 다 들었잖아!"

두 사람은 다시 티격태격하기 시작했고, 아영은 지하철로 통하는 계단으로 걸음을 옮겼다. 늦은 시간이라 그런지 놀이공원을 나가는 사람들이 많았다. 또 제법 많은 이가 예쁜 교복을 입고 있었다. 교복을 빌려 입고 놀이공원에서 노는 게 유행이라나. 교복을 입은 이 중에 진짜 학생은 몇이나 될까. 치마 입고 놀이기구를 타면 너무 불편할 것 같은데.

이런저런 생각을 하며 계단을 내려가는데 시선 끝에서 무언가가 획 지나갔다.

아영은 몸을 굳히면서 걸음을 멈췄다. 바로 뒤에서

같이 내려오던 정원이 의아하다는 얼굴로 물었다.

"아영아, 왜?"

"어…… 아무것도 아니야. 잘못 봤나 봐."

아영은 다시 계단을 내려갔다.

순간 그 소녀를 본 것 같았다. 타탄체크 무늬 치마 아래로 녹색 체육복 바지를 입은, 발 한쪽에만 삼선 슬리퍼를 신고 있는 소녀를.

아영은 그날 이후로 종종 이런 생각을 했다. 그렇게 오랫동안 광명고에 몸을 숨기고 있었던 소녀라면, 세 사람이 창문을 통해 본관에서 나왔다는 걸 알고 있던 소녀라면, 틀림없이 그때도 본관을 보고 있지 않았을까?

세 사람의 마지막도 지켜보지 않았을까?

목검으로 문을 부숴버리던 모습을?

정말로 그러했다면, 아영은 소녀도 같은 방법을 쓰기를, 그곳에서 나오기를 바랐다.

더는 그곳에 갇혀 있지 않기를 바랐다.

계단을 마저 내려온 뒤 놀이공원 출구를 지나자 어

딘가에서 캐럴 소리가 들렸다. 생각해보니 연말이 코앞이었다. 지하철역을 향해 걸어가면서 정원이 멋쩍게 말했다.

"우리…… 이번 겨울에 다 같이 졸업 여행 갈까?"

"와, 좋다. 졸업 여행! 어디로 가지?"

"아영아, 너는? 너도 갈 거지?"

정원이 기대하는 눈빛으로 아영을 보았다. 아영은 자기도 모르게 고개를 끄덕였다.

"그래. 뭐…… 곧 졸업이니까."

친구들과의 여행이라.

자신에게 주는 졸업 선물로 나쁘지 않을 것 같았다.

낭인전

또 초상이 났다. 이번에 죽은 이는 마을 제일가는 난봉꾼이었다.

"새장가 간다면서 좋다고 술을 마시더니. 취해서 비상까지 먹었네그려."

"땅으로 장가를 가버렸군."

혀를 쯧쯧 차며 말을 뱉던 남인(男人)들이 흘깃흘깃 어딘가를 보았다. 이들의 시선 끝에는 혼례복을 입은 여인이 있었다. 서시와 포사에 버금가는 외모로 황해도와 평안도를 들썩였던 옹녀였다. 관 옆에 앉아 눈물을 흘리는 모습이 어찌나 가련한지. 그 모습을 지켜보는 이의 가슴도 촉촉해질 정도였다.

그러나 이들은 금세 도리질하며 마음을 다잡았다. 저 여인이 누구던가. 천하절색이자 과부의 운명을 타고난 이가 아니던가. 열다섯에 얻은 서방 첫날밤에 잠자리에서 급상한(急傷寒)으로 죽고, 열여섯에 얻은 서방 당창병(唐瘡病)에 튀고, 열일곱에 얻은 서방은 용천병(湧泉病)에 펴고, 열여덟에 얻은 서방은 벼락 맞아 식고, 열아홉에 얻은 서방은 천하 대적이 되어 효수를 당했다. 스무 살에 얻은 이번 서방은 혼례날에 비상을 먹고 죽은 것이다.

'청상살(靑孀煞)이 겹겹이 쌓였어.'

'청상과부로 살 팔자이니 누구든 저 여인과 혼인하면 급살을 맞을 거야.'

누구 하나 입 밖으로 뱉지는 않았지만, 속으로 같은 생각을 했다. 그때였다. 노기등등한 얼굴로 상갓집 대문을 넘은 월경촌(月景村) 촌장이 큰 소리로 외쳤다.

"네년이 기어코 내 종질마저 앗아가는구나. 저년을 이곳에 두었다가는 우리 마을에 좆 단 놈이 다시 없을 것이다. 내 너를 꼭 내쫓고야 말리라."

＊

몇 해나 지속된 가뭄으로 먹을 게 부족해지고 나라에 난까지 일자, 천하를 떠도는 낭인들의 수가 크게 늘었다. 인심이 어찌나 흉흉해졌는지 월경촌 사람들은 마을에 외지인을 들이는 법이 없었으며 밤마다 가가호호 문단속을 했다. 이런 시국에 초상까지 연이으니 인심이 가뭄 만난 논바닥처럼 쩍쩍 갈라졌다. 그런데 갈라진 마음을 어루만져야 할 촌장은 물 대신 기름을 퍼부으며 불을 질렀다.

마을 사람들은 짧은 공론 끝에 옹녀를 쫓아냈다. 훼가출송(毁家黜送)˙한 것이다. 죽은 이의 관이 아직 마을을 떠나지 않았건만, 산 자는 죽은 이보다 먼저 마

• 한 동네의 풍기를 어지럽게 한 사람의 집을 헐고 다른 곳으로 내쫓는 것.

을에서 쫓겨났다. 사실 훼가출송은 나라님이 법도로 금지한 악습이었지만, 이런 촌구석에서는 얼굴도 본 적 없는 나라님의 지엄한 명보다 조석으로 마주하는 촌장의 불같은 성질, 그리고 막연한 위험을 향한 두려움이 훨씬 더 강력했다. 집만 부수고 패물을 빼앗지는 않았다는 것이 그나마 불행 중 다행이랄까.

파란 봇짐을 옆에 끼고 은비녀를 찌른 옹녀가 산등성이에 있는 커다란 바위에 걸터앉으며 한숨을 내쉬었다. 결국 독녀(獨女)가 되어 천하를 떠도는구나. 내가 과부로 살고 싶어 지아비를 죽인 것도 아니고, 혼인하는 족족 지아비라는 이들이 뭍에 놓인 생선처럼 죽어나가는 것을 나보고 어찌하란 말인가. 처량한 신세를 생각하자 땀인지 눈물인지 알 수 없는 물방울이 눈가를 적셨다.

그녀는 물기를 닦으면서 산 아래를 내려다보았다. 멀리 개성 땅이 보였다. 청석관에서 10리만 더 가면 개성이었고, 개성에서 조금만 더 가면 경기였다. 아래로,

더 아래로 내려가면 이 한 몸 의탁할 수 있는 마을이 있을지도 몰랐다.

젊은 여인이 홀로 살기에는 참으로 흉악한 세상이었다. 혼인하지 않으면 어찌 혼인하지 않냐며 들볶고, 과부가 되면 수절을 하라며 들볶았다. 지아비가 있는 여인은 더했다. 밭일과 길쌈, 빨래와 청소 그리고 끼니까지 도맡아야 했다. 지아비와 시부모의 구박은 덤이었다. 그래도 옹녀는 가정을 갖고 싶었다. 가정이라는 울타리가 있으면 입 한번 맞추는 놈, 젖 한번 쥐는 놈, 흘레하는 눈빛으로 쳐다보는 놈, 손 만져보는 놈, 심지어 치맛귀에 씨물을 묻히는 놈을 만날 일도 없을 테니까. 아예 없지는 않겠지만, 지금처럼 많지는 않을 것이다.

허나 천지신명은 옹녀의 소원을 들어주지 않았다. 눈을 낮추고 낮춰 땅바닥에 붙다시피 하였건만, 백년해로할 수 있는 명줄 긴 놈 찾기가 이리도 어려워서야.

옹녀는 끙, 하는 소리를 내더니 자리에서 일어나 엉덩이를 툭툭 털었다. 그런다고 포기할 옹녀가 아니었다. 매년 상부(喪夫)하며 송장을 치우면서도 다시 혼인하는 이가 누구던가. 바로 옹녀였다. 옹녀는 낙천적이면서도 현실적이었고, 누구보다 고집스러웠다. 어쩌면 하늘이 준 기회일지도 모른다는 생각이 들었다. 황평양서에서 찾지 못한 인연을 삼도에서 찾으라고 말이다.

내 이번에는 아무와 혼인하지 않으리라. 제대로 된 낭군을 찾으리라. 마음씨는 비단결 같고, 용모는 천상선인 같으며 수명은 삼천갑자 동방삭 같은 이를 찾아서 혼인하리라. 옹녀는 굳게 결심했다.

바위에서 내려와 종종걸음으로 걸어가는데, 한 사내가 반대편에서 숨 가쁘게 발걸음을 옮기는 게 보였다. 멀리서도 훤칠함이 확연하였는데 가까이서 보니 참으로 고운 용모였다. 나보다 곱겠구나. 옹녀가 힐긋 보고 지나가려는데 사내가 우뚝 서며 말을 걸었다.

"저기, 어디로 가십니까."

"삼남으로."

"……혼자 가십니까?"

이것은 수작인가? 길에서 처음 보는 여인에게 수작을 거는 남인치고 제대로 된 놈을 본 적이 없었다. 옹녀는 미간을 좁히며 그를 보다가 솔직히 답했다. 사내의 얼굴에서 왠지 모를 두려움을 읽었기 때문이다.

"혼자."

사내는 뒤를 곁눈질하더니 목소리를 낮추며 말했다.

"좋지 않은 이들이 아까부터 저를 따라오고 있습니다. 이대로 청석관을 지나면 그자들과 마주칩니다. 저를 버리고, 홀몸인 부인을 노릴 터이니 저 바위 뒤쪽에 잠시 숨어 계시지요. 그자들이 지나가면, 그때 나오십시오. 절대…… 산 쪽으로 오시면 안 됩니다."

천하에 해를 끼치는 낭인이 있다던데. 설마 이자를 노리는 것인가?

옹녀는 깜짝 놀라 저도 모르게 고개를 끄덕였다. 사내는 조용히 하라는 손짓을 하더니 서둘러 걸음을 옮겼다. 옹녀 또한 바위 뒤로 가 몸을 숨겼다. 얼마 지나지 않아 활과 화살통을 어깨에 메고 검을 쥔 자들이

나타났다. 짙게 깔린 노을 때문에 온몸이 붉은 피에
젖은 것처럼 보였다.

"낭인이 분명하다니까. 호패도 관청 허가증도 없었
잖아."

"집이 이 근방이라더니 반나절을 따라왔는데도 아
직이야. 해가 저무는데도 산에 올랐지."

"유랑하는 이들은 모두 낭인이야. 함부로 자기 마을
을 떠나 멀리 온 이도 낭인이지. 이대로 보내줄 수는
없어."

"죽이기 전에 재미라도 보았으면 좋았을 것을. 사내
라 아쉽네."

옹녀는 숨을 삼키며 기척을 숨겼다. 낭인의 행색이
아니었다. 장승. 장승이다. 저들은 낭인을 막아 마을을
지키는 장승이었다. 도적이 된 낭인은 강이나 산에 머
물렀지만, 걸식하는 낭인은 성저십리나 경기 같은 도
성 주변을 떠돌았다. 낭인 대다수는 전자가 아닌 후자
였지만, 사람들은 도적질하는 낭인과 걸식하는 낭인

을 구분하지 않았다. 지금의 무해함도 적선을 위한 가면일 뿐 언젠가는 악인의 실체를 드러낼 거라고 믿었다. 그래서 사람들은 마을을 지키기 위해 싸움 좀 한다는 왈패를 장승으로 뽑았다.

생각이 여기에 닿자 옹녀는 가슴이 철렁했다. 월경촌 장승인 덕구 아범은 마을 안에서만 장승 노릇을 할 뿐 마을 밖에 있는 낭인을 건드리지는 않았다. 허나 이곳 장승들은 낭인을 쫓아가 죽여버리지 않는가. 마을 어귀를 지키며 서 있는 장승이 아니라 사냥감을 뒤쫓는 인간 사냥꾼이었다.

장승들의 기척이 멀어졌는데도 옹녀는 몸을 움직일 수 없었다.

마을에서 쫓겨난 나도 엄밀히 따지면 낭인이 아닌가? 청석관까지 무사히 올 수 있었던 건 그저 천운이었단 말인가? 삼도까지는 무슨 수로 갈 것이며, 어찌어찌 그곳에 간다고 할지라도, 나를 받아주지 않는다면? 그럼 어디로, 대체 어디로 간단 말인가.

생각만 해도 앞이 깜깜하고 머릿속이 하얘졌다. 옹녀는 그 자리에 서서 한참을 망설였다. 남으로 가야 할지 북으로 돌아가야 할지 알 수 없었다. 어느새 해가 지고 달이 떴다. 멀지 않은 곳에서 늑대 울음소리가 들렸다. 금수의 울부짖음에 정신이 번쩍 든 옹녀는 그제야 주변을 둘러보았다. 돌아올 때가 지났는데도 장승들은 아직이었다.

'그 남인은…… 그자는 무사할까?'

장승들과 마주칠까 걱정이 되었던 옹녀는 주변을 살피다가 바위 뒤쪽에 있는 언덕을 발견했다. 저기로 가면 장승들과 마주치지 않을 거야. 옹녀는 옆구리에 봇짐을 끼고 치맛자락을 움켜쥐며 비탈면을 올랐다. 걸음을 잘못 얹었는지 발이 미끄러지면서 반사적으로 오른쪽에 있던 나무를 움켜쥐었다. 무언가가 손바닥을 파고들며 피부를 길게 찢었다. 두릅나무에 돋아난 가시였다. 다친 손바닥에서 고통이 피어올랐지만, 옹녀는 신음을 삼킬 뿐 부단히 발을 놀렸다.

위에는 작은 샛길이 있었다. 초목이 무성한 것을 보니 사람이 다니는 길이 아니라 짐승이 다니는 길이었다. 이리 가면, 장승들이 돌아오더라도 들키지 않겠지. 옹녀는 주변 소리에 집중하면서 조심스레 걸음을 옮겼다.

혹시라도 장승들이 사내를 죽이고 다른 곳으로 갔다면, 그래서 사내의 시신이 산길에 버려져 있다면, 시신이라도 수습해줄 생각이었다. 자신의 목숨을 구해준 사람인데 산짐승에게 먹히도록 그냥 둘 수는 없다. 힘에 부쳐 매장을 못 해주면 화장이라도 해줘야지. 절대 산 쪽으로 오지 말라던 사내의 마지막 얼굴을 떠올리자 코끝이 찡해졌다. 20여 년을 보았던 이웃도 자신을 내쫓았는데 생면부지인 남은 자신을 구해주었다.

얼마나 걸었을까. 저 아래쪽에, 파란 한기를 머금은 달빛 아래로 무언가가 있었다. 사람의 형상이었으며 움직임이 없었다. 옹녀는 지난 삶의 경험으로 그것이 시신이라는 걸 알았다. 그런데 한 구가 아니라 네 구였다. 옆에는 검과 활도 나뒹굴었다. 검은 검집 안에 들어 있고, 화살은 화살통 안에 들어 있는 것을 보니 순식간에 변을 당한 모양이었다.

옹녀는 쪽머리에 꽂은 은비녀를 꺼내 움켜쥐었다. 붉은 산호를 상감한, 끝을 날카롭게 벼린 은비녀였다. 수절도 안 하는 과부 주제에 정절을 지키는 은장도가 웬 말이냐기에 옹녀는 이 비녀를 보란 듯이 하고 다녔다. 막상 써보니 호신용으로 이만한 것도 없었다. 허리춤이나 옷고름에 차는 패도나 주머니에 넣는 낭도는 좀처럼 남의 눈에 띄지 않았지만, 머리에 꽂는 비녀는 한눈에 보이니까. 쪽머리에 칼을 꽂은 뒤로 확실히 자신을 대놓고 희롱하는 이들이 부쩍 줄었다.

옹녀는 언덕에서 내려와 시신들을 살펴보았다. 얼굴은 알아볼 수 없어도 옷은 알아볼 수 있었다. 장승. 사내를 죽이겠다던 장승들이었다. 장승 넷이 죽임을 당했고, 사내는 이곳에 없었다. 무기도 없는 이가 무장한 장승 넷을 죽일 수는 없을 터이니 흉수는 따로 있을 것이다.

옹녀는 바로 옆에 있는 시신을 자세히 살펴보았다. 흥건히 고인 핏물 위에 드러누운 시신에는 별다른 상처가 없었지만, 목이 무언가에 꿰뚫려 있었다. 옹녀의 얼굴에도 핏기가 가셨다. 산짐승이 사람을 넷이나 죽였다. 장승들이 범을 공격해서 산신의 분노라도 샀던 걸까? 그저 먹이를 사냥하려던 거라면 범이 장승을 넷이나 죽이지는 않았을 것이다.

서둘러 이곳을 떠나야 한다는 생각이 들었다. 짚신과 버선을 붉게 적신 땅에서 발을 떼려던 순간, 등 뒤에서 으르렁거리는 소리가 들렸다. 늑대의 소리였다. 옹녀는 무의식적으로 고개를 돌렸고, 황금빛 눈동자와 눈을 마주쳤다. 금빛 눈동자에 하얀 털을 지닌 늑대였다. 송곳니를 드러내던 늑대는 잠시 몸을 낮췄다가 곧장 옹녀에게 달려들었다.

"으아악."

옹녀는 뒤로 넘어지며 엉덩방아를 찧으면서도 손에

쥐고 있던 은비녀를 휘둘렀다. 비녀가 늑대의 옆구리를 파고들자 늑대는 캥 하는 소리와 함께 몸을 비틀더니 옹녀 위로 쓰러졌다. 돌에 부딪혔는지 등에 통증이 일었지만, 옹녀는 누워서 아파할 새가 없었다. 무방비하게 드러난 자신의 목이 떠올랐기 때문이다. 이렇게 저세상으로 가겠다 싶었다.

그런데 시야에 늑대의 얼굴이 들어오지 않았다. 날카로운 이빨이 보이지 않았다. 자기 몸 위에 있는 묵직한 무언가는 기절이라도 한 건지 꼼짝도 하지 않았다. 널을 뛰듯 쿵쿵거리던 심장이 천천히 제 박자를 찾았을 때, 옹녀는 고개를 움직여 자기 몸 아래쪽을 보았다.

그런데 늑대가 없었다.

하얀 털을 지닌 늑대가 있어야 할 자리에는 벌거벗은 사내가 정신을 잃고 엎어져 있었다.

옹녀는 늑대, 아니 사내의 허리에 비녀를 꽂아 넣고 있는 자기 오른손을 보았다. 섬섬옥수는 붉은 피로 물들었고, 비녀가 꽂힌 사내의 허리에서는 선혈이 끊임

없이 흘러나왔다. 옹녀는 사내의 몸을 옆으로 밀어낸 뒤 피에 젖은 은비녀를 뽑았다. 그런 뒤에는 은비녀로 사내의 목을 겨누었다. 시선을 옮겨 사내의 얼굴을 본 옹녀의 표정이 일순 굳었다. 자신을 구해주었던 사람이었다. 장승들에게 쫓기던 이가 바로 이 낭인이었다.

옹녀의 머릿속에 낭인이라는 말이 연거푸 떠올랐다.

낭인, 낭인, 낭인.

낭인, 늑대인간.

✳

"낭인 무리에도 속하지 못하는 낭인은 팔도를 떠돌다가 짐승이 된단다. 봉두난발 아래로 머리털 같은 털이 돋아나고, 네발로 기어다니면서 날것을 먹지. 혼자서는 굶주림과 추위를 견딜 수 없으니 살아남기 위해 짐승이 되는 거란다. 그건 환난이 사람에게 주었던 저주이자 축복이야. 그런 이를 이리 '랑', 사람 '인'을 써서

'낭인(狼人)'이라고 한단다. 늑대인간이라는 뜻이지."

할머니는 무릎을 베고 누운 손주 옹녀의 작은 등을 검버섯이 가득한 손으로 토닥여주었다. 따스한 봄볕이 깃든 손길이었다. 어느새 잠이 몰려왔다. 어린 옹녀는 두 눈을 감으며 할머니에게 물었다.

"할머니, 할머니도 낭인을 본 적이 있어?"

"없지. 없어. 할머니도 이야기로만 들었단다. 네 외외증조할머니가, 그러니까 할머니의 친정어머니가 해준 이야기란다."

옹녀를 키워준 할머니는 경신대기근에 태어났다. 두 해 동안 수십만 명의 목숨을 앗아간 경신대기근. 가뭄과 폭우가 씨실과 날실처럼 엮이면서 팔도를 뒤덮고, 서리와 우박이 한여름에 찾아왔던 환난이었다. 갑작스레 창궐한 전염병은 순식간에 사람들의 목숨을 앗아갔고, 팔도의 흉작은 전염병에서 살아남은 이들을 천천히 말려 죽였다.

경신대기근은 끝이 났지만, 사람들은 환난이 남긴

크고 작은 상흔을 잊지 못했고, 그 기억이 후대에도 이어지기를 바랐다. 날것 그대로의 기억 말고 조금은 변주된 이야기로 말이다. 진실은 지나치게 잔혹했으니까. 그래서 사람들은 자신이 보고 들은 바를 재미있는 이야기로 탈바꿈시켜 아이들에게 전해주었다. 종이에 글로 남길 수는 없었지만, 이렇게 입에서 입으로 전해줄 수는 있었다.

어린 옹녀는 할머니가 해준 늑대인간 이야기 속에 진실이 숨어 있을지도 모른다고 여겼지만, 열다섯에 청상과부가 된 뒤로는 그런 걸 생각할 여유가 없었다. 삶이 팍팍해져 하루하루를 꾸역꾸역 살아내야 했다.

옹녀는 늑대로 변한 낭인을 직접 보고 나서야 어렸을 때 들었던 늑대인간 이야기를 떠올렸다.

그게 사실이었을 줄이야.

문짝이 반쯤 부서진 흉흉한 폐가 안, 죽은 듯 누워 있는 사내를 보면서 옹녀는 마른침을 삼켰다. 정신을 잃은 사내를 청석관 골짜기에 버려두고 갈 수는 없었기에 보따리에 들어 있는 치마와 저고리를 입힌 뒤 질질 끌어 근처 폐가로 데려갔다. 짐승이 되어 자신을 해치려고는 하였어도, 사람이었을 때는 자신을 지켜주려고 하지 않았던가. 게다가 자기 때문에 다쳤으니 깨어나는 모습 정도는 보고 떠나야 할 것 같았다.

그러나 사내는 쉬이 정신을 차리지 못했다. 이틀 동안 고열에 시달렸다. 옹녀는 펄펄 끓는 열기에 덜컥 겁이 났다. 혼례를 치르지는 않았지만, 자신에게 알몸을 보이지 않았던가. 사내가 청상살을 맞았을지도 모른다는 생각이 들었다. 또 송장을 치우겠구나. 옹녀는 반쯤 체념하며 손으로 졸린 눈을 비볐다. 그런데 눈을 뜨자 사내의 눈동자가 보였다. 그는 너무 놀라 입을 떡하고 벌리고 있었다.

"일어났네?"

"……제, 제가……."

"꼬박 이틀을 누워 있었는데."

사내는 당황하며 어쩔 줄 몰라 하다가 무언가를 보

더니 갑자기 낯빛을 굳혔다. 그는 옹녀의 손을 덥석 잡
으며 말했다.

"다치셨습니까? 혹시 제게 물리신 겁니까?"

사내의 시선이 옹녀의 오른손에서 떠나지를 못했다.
이자는 늑대였을 때의 기억이 없는 것인가? 옹녀는 손
바닥에 남은 상처를 감추면서 사내의 손에서 제 손을
빼냈다.

"아니. 자네에게 물린 이들은 다 저세상으로……."

그 말을 들은 사내의 낯빛이 파리해지고 두 눈에는
눈물이 차올라 옹녀는 말을 끝맺지 못했다. 한참 뒤
그는 울음을 토해내듯 말을 뱉었다.

"그렇겠지요. 제가 살려두었을 리가 없지요……."

사내는 생각에 잠긴 듯 허공을 보더니 연신 눈물을
흘렸다. 옹녀는 옆에 앉아 어색하게 눈동자만 굴리다
가 헛기침을 했다.

"저기…… 통성명부터 합시다. 나는 옹가. 자네는?"

"저는 변가입니다. 강쇠라고 부르시면 됩니다."

"변강쇠……."

"손에 남은 상처…… 정말 제가 낸 게 아닙니까?"

"아니라니까? 왜 사과라도 하려고?"

"……."

강쇠는 입술을 깨물더니 더는 아무 말도 하지 않았다. 그 모습이 꼭 날개옷을 잃은 선인 같았다. 옹녀는 홀린 듯 그를 보며 이렇게 생각했다. 늑대라는 족속은 가족을 끔찍이 사랑해 평생 자기 배우자와 살지 않던가? 내 목덜미를 노리지만 않았어도 내가 데리고 살았을 것을. 참으로 아쉬웠다.

한참 뒤, 입술을 달싹이기만 하던 강쇠가 입을 열고 말했다.

"저를 속이시면 안 됩니다. 낭인에게 물리면 낭인이 됩니다. 갓 낭인이 된 이는 자기 힘을 통제하지 못하지요. 갑자기 각성해 늑대로 변하기라도 한다면 주변 사람들이 위험해집니다. 자기 자신도 위험해지고요. 낭인은 좀처럼 죽지 않지만, 약점이 아예 없는 건 아닙니다."

강쇠는 무의식적으로 옹녀의 쪽머리에 꽂혀 있는 은 비녀를 보았다. 옹녀는 그 찰나의 순간을 놓치지 않았 다. 그는 허리에 생긴 상처가 아픈지 잠시 신음을 내뱉 으며 말을 이었다.

"제가 옆에서 낭인으로 살아가는 법을 알려줘야 합 니다. 생존할 수 있도록 지켜줘야 합니다. 제 목숨이 다할 때까지요. 제게는 그리해야 할 책임이 있습니다. 그러니…… 솔직하게 말해주십시오."

옹녀는 믿을 수 없다는 듯 그를 흘겨보다가 이렇게 답했다.

"그 말을 어찌 믿나? 다른 이들은 목을 꿰뚫어 바로 죽였던데?"

"그건, 저를 죽이려고 했으니까요……. 저를 쫓아오 지만 않았어도 늑대로 변해 그들을 죽이지는 않았을 겁니다."

"그럼 나는? 나는 왜 공격했나?"

옹녀의 말에 강쇠의 안색이 급변했다. 자신이 그녀

의 손바닥에 상처를 남긴 게 분명하다고 확신한 것 같
았다.

"그건 저도 모르겠습니다······. 피 냄새를 맡지 않는
이상 함부로 사람을 공격하지는 않거든요."

강쇠는 미안했는지 입을 꾹 다물었다.

뭐 그렇게 미안해할 것까지야. 어쨌든 나는 무사하
지만, 자네는 허리가 꿰뚫리지 않았나. 옹녀는 이 말을
굳이 소리 내 뱉지 않았다. 대신 이런저런 생각을 하
며 머리를 굴리다가 이렇게 말했다.

"그 말 참인가?"

"예?"

"내 옆에서 나를 지켜주며 살겠다는 말 말이야."

"네? 네. 그럼요. 그리해야지요."

"그래?"

옹녀의 얼굴에 화색이 돌았다. 옹녀의 반응이 무언
가 이상하다고 생각했는지 강쇠의 눈빛에 의아함이
떠올랐지만, 의아함은 곧 커다란 미안함에 파묻혀 더

는 빛을 발하지 못했다.

"자네 몸은 튼튼한가? 어디 아픈 곳은 없고? 낭인만 앓는 고질병 같은 게 있는 건 아니겠지?"

강쇠는 느닷없는 물음에 당황한 것처럼 보였지만 성실하게 답해주었다.

"그런 건 없습니다. 더는 살고 싶지 않아도 쉽게 죽지도 못하는 몸으로 변한 이가 낭인이지요."

"그래?"

옹녀는 강쇠의 손을 덥석 잡으며 말했다.

"그럼 나와 함께 살자. 내 팔자 무상하여 상부하고 자식 없어, 같이 살 이가 그림자뿐이었다. 너도 고운 얼굴 젊은 나이이니 홀로 살기 무섭지 않더냐. 우리 둘이 같이 살자."

끝이 살짝 찢어져 늑대 눈처럼 보이던 강쇠의 두 눈이 토끼 눈처럼 동그랗게 떠졌다. 분명 강쇠가 했던 말과 비슷한 말이었는데, 그 느낌이 묘하게 달랐기 때문이다. 강쇠는 얼떨결에 고개를 끄덕였다. 그러자 옹녀의 얼굴에 웃음꽃이 피었다.

찾았다. 마음씨는 비단결 같고 용모는 천상 선인 같으며 수명은 삼천갑자 동방삭 같은 이를.

나의 낭군을.

＊

"사랑 사랑 사랑이야. 태산같이 높은 사랑. 해하같이 깊은 사랑. 남창 북창 노적같이 다물다물 쌓인 사랑. 은하직녀 직금같이 올올이 맺힌 사랑. 모란화 송이같이 펑펴져버린 사랑. 세곡선 닻줄같이 타래타래 꼬인 사랑. 내가 만일 없었다면 풍류남자 우리 낭군 황 없는 봉이 되고, 임을 만일 못 봤다면 군자호구 이내 신세 원 잃은 앙이로다."

• 신재효, 《한국 판소리 전집》, 강한영 옮김, 서문당, 1996, p. 271. 《변강쇠가》에서 〈기물타령〉이 끝난 뒤에 나오는 〈사랑가〉 구절로, 《춘향가》 중 〈사랑가〉를 변형해 부른 것으로 보인다.

요즘 옹녀의 입에서는 노래가 끊이지 않았다. 어찌 그러지 않을까. 강쇠 같은 이를 낭군으로 얻었으니 기쁘지 않을 수 없었다. 혼례를 치르기 무섭게 장례를 치러야 했던 옹녀에게 부부의 삶은 상상으로나 해보던 것이었다. 허나 강쇠와 혼인한 뒤로는 그 삶이 일상이 되었다. 반면 고통스러운 현실이었던 청상살은 막연한 공포로만 남게 되었다. 노심초사하였던 마음도 하루하루가 지나가면서 옅어졌다. 생존에 특화된 낭인이라 그럴까. 강쇠는 청상살을 맞기는커녕 고뿔에 걸리는 법도 없었다.

물론 두 사람의 사랑이 순탄하기만 했던 건 아니었다. 눈치 없는 강쇠 마음을 사로잡아 진짜 부부가 되기 위해 옹녀는 참으로 지난한 시기를 겪어야 했다. 옹녀의 눈물겨운 노력이 실로 가득했던 나날이었다……. 특히 자신의 손에 남은 상처가 두릅나무 가시 때문이었다는 걸 고백했을 때는 다시는 그를 못 보는 줄 알았다. 순하디순했던 이가 그렇게 매정하게 돌아설 줄

이야. 옹녀는 그때만 생각하면 지금도 가슴이 콩닥거리고 눈앞이 깜깜했다.

다시는 자신을 속여서는 안 된다는 말에 옹녀는 옥황상제부터 시왕신에 이르기까지 알고 있는 신을 모두 읊으면서 굳은 맹세를 했다. 그 결과 옹녀는 다시 강쇠의 마음을 얻을 수 있었다. 포사를 얻은 유왕도, 말희를 얻은 걸왕도, 달기를 얻은 주왕도, 서시를 얻은 부차도, 초선을 얻은 여포도, 양 귀비를 얻은 당 현종도 자신보다 행복하지는 않을 것이다. 강쇠 같은 절대 가인이 또 어디에 있으랴.

"임자. 임자는 어찌하여 옹녀요?"

옹녀가 부르는 노래를 듣던 강쇠는 삶은 구멍떡에 누룩 섞인 물을 붓다가 고개를 들고 물었다. 폐가를 고쳐 신방을 차린 옹녀와 강쇠는 감주를 빚어 팔아 생계를 이어가고 있었다.

"성이 옹이라 다들 옹녀라고 불렀지."

"허나 옹녀는 옹가 여자라는 뜻이 아니오."

"뭐 옹이 흔한 성은 아니니까."

"그래도……."

강쇠는 속상하다는 듯 고개를 푹 숙였다. 그 모습이 의기소침한 강아지 같았다. 늑대의 몸이었다면 축 늘어진 꼬리도 볼 수 있겠지. 옹녀는 웃으며 그에게 다가갔다.

"이름이 뭐가 중요한가. 어떤 이가 어떤 마음을 담아 나를 부르는지가 중요하지."

옹녀는 고개를 들어 그와 눈을 마주치며 말했다.

"임자, 하고 불러봐. 난 그게 그렇게 듣기 좋더라."

그 말에 강쇠의 양쪽 귀가 붉어졌다. 그는 한참을 망설이다가 나지막이 임자, 하고 옹녀를 불렀다. 옹녀는 깔깔 웃으며 강쇠를 안아주었다. 그는 익숙하다는 듯 무릎을 굽히면서 옹녀의 어깨에 고개를 파묻었다. 옹녀는 두 팔로 그의 등을 감싸안으며 이번에는 반드시 백년해로하겠다고, 누구도 내게서 그를 앗아갈 수 없다고 생각했다.

세상일이 사람 마음대로 되지는 않는다지만 가끔은 사람 마음대로 되기도 하였다. 문제는 나의 마음이 아니라 남의 마음이라는 것이다. 감주를 팔려고 마을을 찾은 옹녀는 마을 어귀에서 대경실색하며 땅바닥에 주저앉고 말았다. 한 번 거른 밑술이 떨어뜨린 술병의 주둥이에서 콸콸 쏟아졌다. 강쇠가 며칠을 고생하며 만든 술이었지만, 지금 술이 중요한 게 아니었다.

　방이 붙었다. 개성 장승을 넷이나 살해한 흉수를 찾는다는 방이었다. 그런데 용모파기가, 종이에 그려진 흉수의 얼굴이 강쇠가 아닌가. 누런 종이와 검은 먹물로도 가릴 수 없는 빼어난 용모였다. 옹녀는 칠척장신에 빼어난 미남자라는 글귀를 보고는 마른침을 삼켰다. 큰일이었다. 마을 사람 몇 명도 강쇠를 본 적이 있지 않은가. 자신을 흘깃거리는 사람들의 시선에 옹녀는 쥐가 난 척 다리를 붙잡더니 손가락에 침을 발라

코끝을 툭툭 쳤다. 자신에게 모였던 사람들의 시선이 흩어지자마자 옹녀는 언제 그랬냐는 듯 벌떡 일어나 집으로 달려갔다.

옹녀는 폐가 안에 기껏 채워 넣었던 세간살이를 모두 팽개치고는 강쇠의 손을 붙잡고 밤낮으로 달렸다. 남쪽으로 남쪽으로, 사람이 없는 곳으로. 누구도 강쇠를 알아볼 수 없는 곳으로 말이다. 천하에 둘도 없는 이런 용모를 대체 어디에 숨긴단 말인가. 옹녀는 지나치게 빼어난 강쇠의 용모를 속으로 탓하면서 부단히 발을 놀렸다.

두 사람이 멈춘 곳은 지리산 중 첩첩한 깊은 골에 서 있는 빈집 앞이었다. 임진왜란 때 부자가 피란하려고 지은 건지 오간팔작 기와집이었다. 뜰에는 삵과 여우 발자국이 있고, 뒤꼍에는 부엉이와 올빼미 우는 소리만 들리는 것이 흉가가 된 지 족히 수백 년은 된 것 같았다. 옹녀는 강쇠에게 말했다.

"우리 이곳에서 살자. 땅을 갈아 밭을 만들어 잡곡

을 심고, 갈퀴나무와 비나무 같은 나무를 해다 집에서 때자. 부모 없고 자식 없고 우리 둘뿐이니, 그렇게 살아도 생계는 넉넉하다."

잔말 말고 따르라는 옹녀의 엄포에 군소리 없이 달려오기는 하였으나 강쇠는 기와집을 보고는 붙잡은 손을 놓으며 말했다.

"저 집이라면 안전할 것 같으니 임자는 저기서 지내고 있소. 나는 개성에 갔다 와야겠으니."

"뭐? 아니, 거길 왜?"

강쇠의 얼굴에 수심이 드리웠다. 하지만 눈빛만큼은 결연했다.

"나를 쫓아왔던 장승은 넷이 아니라 다섯이었소. 아무래도 내가 한 명을 놓쳤던 모양이오. 도망간 이를 찾다가 피 냄새를 맡고 임자를 공격했던 거지."

아뿔싸. 장승이 다섯이었다니. 옹녀는 바위 뒤에 숨었기에 지나가는 장승의 수를 정확히 헤아릴 수 없었고, 강쇠는 정신을 잃고 폐가로 옮겨졌기에 죽은 장승의 수를 확인할 수 없었다.

"그럼 더 여기에 숨어 있어야지. 거기를 왜 가?"

힘없는 낭인도 닥치는 대로 죽이는 이들인데 늑대로 변하는 위험한 낭인을 보면 더 죽이려고 하지 않겠는가.

"용모파기에는 낭인이라는 말이 없었다고 하지 않았소. 그자도 내게 물렸던 거요. 낭인이 되어 어찌할 바를 몰랐으니, 방이라도 붙여 나를 찾은 거지. 내 도움이 필요한 거야. 내가 낭인이라는 걸 밝히지 않은 이유는, 아무리 생각해도 그것뿐이오."

아이고, 큰일이다. 강쇠의 표정을 보니 그 의지가 지리산 봉우리보다 굳건하였다. 옹녀는 강쇠를 붙잡으려다가 이내 그의 고집을 떠올리고는 체념하며 말했다.

"그럼 나도 같이 가자. 너를 홀로 보내고 나만 여기 있을 수는 없다. 눈을 감아도 네 모습이 떠오르고, 잠을 청해도 네가 보이지 않는 악몽만 꿀 터이니 나도 너와 함께 가련다. 같이 죽었으면 죽었지, 너를 잃고 싶지는 않다."

이번에는 강쇠가 옹녀를 만류하였다. 허나 옹녀가 누구던가. 매년 상부하며 송장을 치우면서도 다시 혼인하던 이가 아닌가. 훼가출송당해도 파란 봇짐 옆구리에 끼고 은비녀를 쪽머리에 꽂으며 주저 없이 길을 떠났던 이였다. 누구도 옹녀를 막을 수는 없었다.

＊

결국 강쇠는 옹녀의 손을 붙잡고 빈집으로 들어갔다. 이곳까지 오느라 지친 옹녀에게 따뜻한 잠자리를 주고 싶었다. 오늘 하룻밤만이라 할지라도 그리하고 싶었다. 개성으로 돌아가는 길은 길고도 험난할 테니까. 어쩌면 돌아오지 못할지도 몰랐다.

강쇠에게 물린 장승은 낭인(狼人)이지만 낭인(浪人)이 아니었다. 그는 낭인을 죽이는 장승이었다. 일부 낭인이 늑대처럼 강한 힘을 가지고 있다는 걸 알게 된다면, 위협이 될 거라는 생각에 낭인 자체를 말살하려고 할지도 몰랐다. 선조들도 겪었던 일이 아니던가. 낭인의 존재가 전설로만 남은 것도 그래서였다. 살아남기 위해 진화하였던 선조들은 낭인이 되었지만, 결국 인간들에 의해 말살을 당했다. 바위에 몸이 갈려 온전한 시신도 남기지 못했다. 인간들은 자신과 조금이라도 다른 이들을 받아들이지 않으려고 했다. 낭인 선조들이 세상에 남길 수 있었던 건 소문뿐이었다. 그런 존재가 있었다더라, 라는 소문.

　허나 강쇠는 그 소문이 진짜라는 걸 드러내는 살아 있는 증거였다. 그렇기에 장승들도 그를 절대 가만두지 않을 터였다. 장승들의 발밑에 놓인 낭인이 장승보다 힘이 센 낭인이라는 걸 깨닫는다면, 그들은 어떻게든 자신을 없애고자 할 터였다. 죽이려고 할 터였다. 어쩌면 이번에 붙은 방도 함정일지 몰랐다. 그를 잡으려고 놓은 덫일지도. 그러나 강쇠는 반드시 가야 했다. 그것이 늑대의 도리였다. 가족을 아끼는 것, 약한 구성

원을 배려하는 것, 뒤처지거나 다친 이도 버리지 않는 것, 도움이 필요한 가족을 외면하지 않는 것. 인간은 몰라도 금수인 늑대는 그 도리를 알았다.

강쇠는 고이 잠든 옹녀의 이마에 입을 맞추면서 다정히 말했다.

"임자. 임자는 갑자생이고 나는 임술생이지. 다른 때에 태어나 다르게 살아왔으나 이렇게 부부가 되었으니 백년해로는 못 하여도 죽을 때까지 해락(偕樂)하다 한날한시에 죽읍시다."

강쇠의 팔을 베고 있던 옹녀가 몸을 뒤척이더니 그의 품에 고개를 파묻었다. 그는 옹녀의 얼굴과 맞닿은 자기 저고리 앞섶이 축축하게 젖어드는 것을 느낄 수 있었다.

✴

숨죽여 울다가 잠든 옹녀는 꿈을 꾸었다.

가내에 장승이 들어찼다. 한 놈씩 줄을 서며 강쇠의 몸을 건드리더니 말없이 나가는 게 아닌가. 놀란 강쇠가 소리를 내지르려 하였건만 목구멍에 돌덩이가 얹혔는지 끙끙거리며 신음만 할 뿐이었다. 곧이어 강쇠의 몸에 부스럼이 일었고, 잔뜩 곪으며 피고름이 고였다. 어디 그뿐인가. 온갖 병이 자리를 잡으면서 아우성을 쳐 강쇠는 그 고통에 몸을 떨었다.

이를 지켜보던 옹녀는 통곡하였다. 아, 동티로구나. 장승의 동티를 샀구나. 우리 강쇠 저리 아파서 어찌할꼬. 장승 놈들이 나의 낭군을 짓밟는구나. 옹녀는 강쇠의 몸을 붙잡고 하염없이 눈물을 흘렸다. 옹녀는 강쇠를 만난 뒤에 느꼈던 감정들을 떠올렸다. 고마움, 미안함, 안타까움, 흥분, 애틋함, 따스함 그리고 안정감. 곧이어 다른 기억들에 얼룩진 감정들이 옹녀의 마음을 들쑤셨다.

따뜻한 집 안에 살았으나 마음이 얼음 안에 있는 것 같았던, 배는 불렀으나 마음은 고팠던, 사람들 사이에서 살았으나 홀로 고립되어 있었던, 월경촌에서의 삶. 칼날처럼 매섭던 사람들의 눈초리와 화살처럼 날아와 두 귀를 두드리던 사람들의 말이 떠올랐다. 그때 자신은 얼마나 힘들었던가. 특히 마을 사람들이 자신의 집을 부수고 불까지 지르며 훼가출송했던 마지막 날에는……

그때를 떠올리자 가슴이 우레처럼 쿵쿵 소리를 내더니 온몸에 피가 돌았다. 피부에는 검은 털이 돋아나고 잇몸에서는 송곳니가 튀어나왔다. 손톱과 발톱이 두꺼워지고 팔이 발이 되었다. 네발로 선 옹녀는 새카만 늑대가 되어 코를 쿵쿵거렸다. 멀지 않은 곳에서 장승 냄새가 났다. 나의 낭군을 해하려는 장승의 냄새였다. 그녀는 문을 박차고 밖으로 나가 네발로 뛰었다. 바람을 가르며 힘껏 달렸다.

그와 동시에 옹녀는 식은땀에 흠뻑 젖은 채 잠에서 깨어났다. 두 눈을 뜨자마자 고개를 돌려 강쇠를 찾았지만 그는 자리에 없었다. 가슴이 쿵 하고 내려앉으면

서 눈앞이 캄캄해지고 호흡이 가빠졌다. 그런데 들이
켜는 숨에서 강쇠의 냄새가 났다. 익숙하면서도 정겨
운, 달콤한 향기였다. 옹녀는 덜컹거리는 장지문을 열
고 대청을 지나서는 섬돌 위에 놓인 짚신을 신었다. 그
의 향이 이끄는 대로 걸음을 옮겼다. 6리는 걸었을까.
옹녀는 동이 트지 않아 어둑어둑한 산기슭에서 강쇠
를 발견했다. 그는 어떤 남인과 이야기를 나누고 있었
다. 옹녀는 참나무 뒤에 몸을 숨기며 두 사람의 대화
를 들었다.

"그건 절대 안 됩니다."

강쇠의 단호한 거절과 함께 사내가 피식 웃으며 말
했다.

"자네는 자기가 가지고 있는 능력이 뭔지 모르는군."

"사람이 낭인이 되는 것은, 살아남기 위해서입니다.
남을 이기기 위해 낭인이 되는 게 아닙니다."

"내가 그 각성이라는 걸 했다면, 내가 알아서 해결
했을 거야. 그런데 아무리 물어도 다른 이를 낭인으로

만들지 못하는 것을 어쩌겠나? 자네라도 찾아내 힘을 빌려야지."

"그건 저도 도와드릴 수 없습니다."

"전국 장승들과 척이라도 질 생각인가? 잊지 말게. 자네가 지리산 산골짜기에 몸을 숨겨도 우리에게는 자네를 찾아낼 능력이 있다는 걸. 그것도 이렇게 빨리 말이야."

"……."

"아, 그렇지. 정확히는 내게 그럴 능력이 있지. 몇 리나 떨어져 있어도 냄새를 맡을 수 있다니 참으로 대단해. 이 능력이 없었다면, 지리산을 한참이나 헤맸을 걸세. 다 자네 덕이야. 각성하지 않았는데도 이러하니, 각성한 낭인이 되면 팔도에 나를 따라올 장승이 없겠지? 참, 용모파기를 보고 주저앉았다는 자네 부인에게도 감사를 전해야겠네. 덕분에 자네 집도 찾을 수 있었고, 자네 냄새도 알게 되었으니까."

"……."

"그 말은 직접 해도 되겠군. 이 자리에 있는데 다른 이에게 말을 전해달라고 하는 건 예의가 아니잖아?"

옹녀는 자신이 이곳에 왔다는 걸 두 사람이 냄새로 알았다는 걸 깨달았다. 옹녀는 걸음을 옮기며 두 사람 앞에 모습을 드러냈다. 옹녀를 보는 강쇠의 눈빛에는 걱정이 가득했지만, 장승의 두 눈은 먹잇감을 보는 것 같았다. 옹녀 또한 이를 갈며 장승을 노려보았다.

"각성인지 뭔지를 못 했으면, 이빨 빠진 늑대 아닌가?"

낭인이 되면 뛰어난 후각과 초인적인 회복 능력을 얻지만, 각성하지 못하면 맹수가 아니었다. 날카로운 이빨과 발톱을 지닌 늑대의 몸으로 변할 수 없었다. 저자가 낭인이 되기는 하였으나 각성하지 못했으니 강쇠를 해하지는 못할 것이다. 하지만 앞으로도 해치지 못할 거라는 보장은 없었다. 이미 전국 장승들이 강쇠를 노리고 있지 않은가. 강쇠가 장승 네다섯을 상대할 수는 있어도 수십, 수백을 상대할 수는 없을 것이다. 그러니 저자는 죽어야 했다. 저자를 죽이고 다른 곳으로 숨는다면, 강쇠가 늑대의 몸으로 살아야 할지라도 저들의 시선에서 벗어날 수 있을 것이다.

그러나 강쇠는 묵묵부답이었다. 그는 장승을 해칠 생각이 없었다. 사실 옹녀도 그를 탓하지는 않았다. 그것은 그의 천성이었고, 옹녀는 그런 그를 사랑했다. 그런 그라서 사랑했다. 다만 강쇠는 강쇠였고, 옹녀는 옹녀였다. 옹녀는 강쇠를 사랑했지만, 강쇠가 되고 싶은 건 아니었다. 옹녀가 손을 뻗어 소매 안에 감춰두었던 은비녀를 움켜쥐었다. 순간 손이 따끔했다. 옹녀가 소매에서 은비녀를 꺼내는 걸 본 강쇠가 입을 열고 외쳤다.

"안 돼. 저자도 좋아서 그러는 게 아니오. 각성하지 못한 낭인은 인간에게 이용당하는 경우가 많으니까. 장승들을 물어 낭인으로 만들겠다는 생각은 인간들이나 할 법한 생각이오. 저자가 했을 리 없어."

"낭인을 죽이던 장승이오. 그런 놈이 낭인에게 물렸다고 갑자기 낭인의 심정을 이해하게 될 것 같아?"

"안 돼!"

옹녀는 강쇠의 외침도 아랑곳하지 않고 은비녀를 휘두르며 장승에게 달려들었다. 허나 왈패였던 장승이 호락호락하게 당해줄 리 없었다. 장승은 옹녀가 움켜쥐었던 은비녀를 빼앗으며 그녀를 힘껏 밀쳤다. 그대로 뒤로 넘어진 옹녀는 믿기지 않는다는 눈빛으로 은비녀를 쥐고 있는 장승을 보았다.

낭인의 약점은 은이 아니었던가?

옹녀는 몰랐다. 낭인은 값비싼 장신구나 화폐로만 쓰이던 은을 접할 일이 없지만, 장승은 그렇지 않다는 것을. 자주 접할수록 면역이 생기기 마련이었다. 옹녀가 찰나의 순간에 낭인의 약점이 은이라는 걸 깨달았던 것처럼 장승도 그 순간 무언가를 눈치챈 듯했다. 잠시 비녀를 살펴보던 장승이 웃으며 말했다.

"자네 말이 맞아. 장승을 물어 낭인으로 만들자는 생각은 내가 해낸 게 아니거든. 내 의사에 반한다고도 볼 수 있지. 그자들이 강해지면, 내 가치도 덜해질 게 아닌가."

그는 말을 마치자마자 비녀를 들고 강쇠에게 달려들었다. 장승이 옹녀를 공격할 줄 알고 마침 옹녀에게 달려가고 있던 강쇠는 갑작스러운 공격에 바로 대응하지 못했다. 게다가 장승은 은비녀를 쥐고 있었다. 은을 향한 무의식적인 공포가 강쇠의 순발력을 무디게 만들었다. 장승이 휘두른 비녀의 날이 강쇠의 가슴을 파고들면서 잿빛 저고리가 어둠 속에서 짙게 물들었다.

그 모습을 지켜본 옹녀의 머릿속은 충격으로 새하얗게 물들었다. 아무런 생각도 할 수 없었다. 가슴이 요동치고 호흡이 가빠지면서 알 수 없는 전율이 온몸을 휩쓸었다. 옹녀는 가슴을 부여잡으며 그 자리에 주저앉았다.

강쇠의 가슴에서 은비녀를 뽑아낸 장승은 고통스레 몸부림치는 강쇠를 내려다보았다.

"네놈을 무슨 수로 죽이나 하였는데. 하늘이 날 도왔군. 아니, 네 마누라가 나를 도왔어. 그 답례로 두 사람을 모두 죽여주지. 저승길에 홀로 오르지 않을 테니

외롭지는 않을 거야."

장승이 강쇠의 목을 조준하며 비녀를 내리꽂으려는 순간, 뒤에서 으르렁거리는 늑대 소리가 들렸다. 뒤를 돌아본 장승이 마주한 것은 황금빛 눈동자를 번뜩이는 검은 늑대였다. 늑대는 곧장 장승에게 달려들었고, 커다란 송곳니로 장승의 목을 꿰뚫었다. 장승은 비명도 지르지 못하고 절명했다. 폭포수처럼 뿜어져 나온 피가 대지를 붉게 적셨다.

✳

조선 팔도에 이런 소문이 돌았다. 평안도를 뒤흔들었던 청상과부 옹녀의 일곱 번째 서방 변강쇠가 청상살을 맞았다는 소문이었다. 장승 하나가 그를 죽이고 시신마저 갈아버려 남은 게 고깃덩이와 뼈뿐이라고 했다. 시신을 수습해 매장을 도와준 매골승과 각설이들이 그 현장을 보고 토악질을 했다나. 이 사실을 알게 된 대방(大方) 장승이 강쇠를 죽인 개성 장승을 찾는다는 방을 전국에 붙였다지만, 개성 장승을 찾았다는 소식은 전해지지 않았다. 옹녀의 행방도 마찬가지였다. 월나라 망한 후에 서시 소식 없고, 동탁이 죽은 후에 초선도 간데없다고 하지 않는가. 사람들에게 옹녀도 그러하였다. 훼가출송당해 낭인이 되어버린 옹녀의 뒷이야기에는 누구도 관심을 가지지 않았다.

다만 구걸하는 낭인들 사이에서는 다른 소문이 돌았다. 누구든 지리산으로 오면 사람들의 압제에서 벗어날 수 있다고, 지리산 영물인 검은 늑대와 흰 늑대가 낭인을 지켜준다는 소문이었다.

풀각시

• 강원도 홍천군과 충청남도 아산시에서는 귀신날에 '달귀 귀신'이 사람을 잡으러 온다는 이야기가 전승되고 있다. 처녀들이 산에서 나물 캐며 풀각시놀이를 하다가 밤에는 그 인형을 뒷간에 두는데 이 인형이 달귀 귀신이 된다고 한다.

물 떨어지는 소리가 참으로 요란했다. 험준한 절벽 아래 폭포가 땅을 부술 듯 쏟아지고, 바람은 쏜살같은 소리를 내면서 얼굴을 할퀴었다. 초가을 낮에 부는 바람이라기에는, 겨울철 서릿바람을 닮은 듯했다. 나는 걸음을 멈추고 주변을 둘러보았다. 오랜 세월 무성하게 자라난 수풀이 하늘을 가리고 땅을 뒤덮었다. 할머니는 왜 이곳에 가야 한다고 했을까. 백주에도 빛을 찾아볼 수 없는, 이런 흉한 곳에? 잠시 생각에 잠긴 사이, 노란 저고리에 붉은 치마를 입은 사람이 성큼성큼 어둠 안으로 들어가는 게 보였다. 곱게 묶은 금박댕기가 어둠 속에서 펄럭였다. 나는 화들짝 놀라 큰 소리로 외쳤다.

"할머니. 어디 가요?"

할머니는 내 외침을 듣지 못한 듯, 아니, 할머니라는 말을 부정이라도 하듯 뒤도 돌아보지 않고 걸음을 옮겼다. 소녀를 닮은 뒷모습이 빠르게 수풀 너머로 자취를 감췄다. 나는 다급하게 뒤를 쫓으면서 거친 수풀을 손으로 헤쳤다. 칼날처럼 서늘한 한기가 피부를 스치더니 따끔한 통증이 느껴졌다. 손을 베인 것이다. 다친 손가락을 입안으로 밀어 넣자 언젠가 할머니가 해준 말이 떠올랐다.

햇빛도 들지 못할 정도로 우거진 숲에는 나뭇살〔木箭〕이 있는 거야. 나뭇살. 살(煞)이 살〔箭〕처럼 사람의 몸을 파고든다고 했다. 이곳은 아찔한 낭떠러지 아래였고, 바람이 칼날처럼 몰아치는 곳이었으며 물이 쏟아진 화살처럼 떨어지는 곳이었다. 바윗살〔石箭〕, 바람살〔風箭〕, 물살〔水箭〕이 아니던가. 여기에 흙살〔土箭〕까지 있다면……. 다섯 살이 모인 곳은 대흉이었다.

나는 마음을 파고드는 불안함을 애써 억누르면서 손가락을 빨았다. 아릿함이 조금씩 무뎌지면서 비릿한 피 냄새가 입안에 퍼졌다. 다시 빠르게 걸음을 옮겼다. 얼마 지나지 않아 강가에서 갈대를 꺾고 있는 할머니가 보였다.

"할머니! 갑자기 가버리시면 어떡해요?"

할머니를 향해 분주히 놀리던 발걸음이 어느 순간 땅에 박혔다. 꺾은 갈대를 한 아름 안고 있는 할머니 옆으로 핏물처럼 붉은 물이 흐르고 있었다. 고개를 숙여 아래를 보았다. 흙도 피로 적신 듯 붉었다. 흙살, 이건 분명 흙살이었다. 다섯 살이 모두 모인 곳이라니. 자고로 다섯 살이 모인 곳은 살이 오감을 파고들어 사람을 해한다고 하였다.

✳

할머니는 사실 조모가 아닌 숙조모였다. 찔레 열매

가 빨갛게 익어가는 계절에 작은할아버지와 혼례를 올린 할머니는 다음 해에 과부가 되었다. 부친도 같은 해에 고아가 되었다. 조부와 조모도 돌아가셨기 때문이다. 집성촌이었던 마을에 호열자(虎列刺, 콜레라)가 돌게 되면서, 문중 사람들은 하나둘 단 며칠 만에 숨을 거뒀다. 살아남은 이는 할머니와 부친 그리고 젖먹이였던 고모뿐이었다.

할머니는 피 한 방울 섞이지 않은 시조카들을 데리고 홍천 땅을 떠나 한성으로 갔다. 친정으로 돌아갈 법도 하건만, 할머니는 부친과 고모를 떠나지 않았다. 아마도 할머니는 부친과 고모에게 책임감을 느꼈던 것 같다. 어린아이들을 이대로 두고 갈 수는 없다는 책임감. 그건 부친과 고모도 마찬가지였다.

할머니가 아픈 뒤로 부친과 고모는 할머니를 낫게 할 방법을 백방으로 찾아다녔다. 머리를 총명하게 만든다는 탕약부터 용하다는 의원의 침술까지. 하지만 백방이 무효했다. 보다 못한 모친이 집안에 액이 꼈을

지도 모른다며 부친 몰래 광희문 너머 아기씨당까지 갔다 왔다.

공주 아기씨를 모신다는 무녀는 집안에 살귀(殺鬼)가 맴돈다고 했다. 그 말을 들은 모친이 벽사 부적까지 받아 왔지만, 이 사실을 알게 된 부친이 길길이 날뛰면서 제법 비싼 돈을 주고 받아 왔을 부적은 가리가리 찢겼다. 부친은 괴력난신을 잘 알았으나 괴력난신을 믿지는 않았다. 부친에게 괴력난신은 다른 이의 마음을 사로잡는 수단이자 많은 돈을 벌기 위한 책략이었다. 믿음의 대상이 아니었다. 부친은 모친의 말을 더 들으려고도 하지 않았다. 정말로 살귀가 맴돌았던 걸까. 할머니는 여전히 아팠고, 나아질 기미를 보이지 않았다.

할머니가 아프기 시작한 건 올겨울부터였다. 처음에는 말을 잊었다. 촉대, 주렴, 애기장, 문갑, 빗접, 경대 같은 당연한 말들을 기억해내지 못해 손가락으로 기물을 가리키며 웅얼거리곤 했다. 그다음에는 집을 잊었다. 건넌방에 가서 청지기를 찾거나 한겨울에도 아무렇지 않게 마루방으로 건너가 잠을 청하곤 했다. 할머니의 머릿속에 더는 우리 집이 없었다. 집 구조도, 집으로 돌아오는 길도 더는 기억하지 못했다. 할머니 혼자 다른 집에, 다른 동네에 사는 것 같았다.

우리는 가슴이 덜컥 내려앉았다. 이런 증상을 본 적이 있기에 더욱 그러했다. 성명방에 사는 모친의 이모가, 즉 내게는 이모할머니가 몇 해 전부터 비슷한 증세를 보였다. 그 소식을 들은 할머니가 얼마나 두려워하였던가. 할머니는 다가오는 죽음보다 가족에게 남기는 부담이 더 무섭다고 했다. 하지만 사람이 죽음을 피할 수 없듯 할머니도 병을 피하지는 못했다.

좀 더 시간이 지나자 할머니는 우리도 잊었다. 나를 언니라고 불렀고, 부친을 행랑아범이라고 불렀으며 모친을 행랑어멈이라고 불렀다. 할머니 걱정에 매일 견평방을 찾아오는 고모는 아예 객처럼 대했다. 자신을 찾아온 고모를 보고 할머니가 허리 굽혀 인사하자 고모는 울음을 터뜨렸다. 그리고 시간이 더 지났을 때, 우리는 할머니가 무엇을 기억하는지 알게 되었다. 어린 시절. 할머니는 수십 년 전으로 돌아가 그때의 기억에서 살고 있었다. 어렸을 때 살았던 집에서, 어렸을 때 살았던 가족과 함께.

우리는 앞이 다 깜깜해졌다. 비슷한 증세를 보였던 이모할머니도 정신이 오락가락하기는 하였지만, 이 정도로 심하지는 않았다. 과거만 남긴 채 모든 걸 깔끔하게 지워버리지는 않았다. 심지어 이 모든 일이 고작 두 달 사이에 벌어졌다. 할머니를 진맥한 의원들조차 입을 모아 말하지 않았던가. 병세가 이렇게 빨리 심해지는 경우는 처음 보았다고. 화타가 부활하면 모를까 자신에게는 방도가 없다고 했다.

한 계절이 채 지나가기도 전에 할머니는 다른 사람이 되어버렸다. 우리를 모르는 과거의 자신으로.

"서율아. 네가 할머니를 모시고 먼저 연산으로 내려가거라."

"예?"

출가한 고모까지 모두 모여 앞으로의 계획을 논의했던 날, 내 무릎을 베고 누워 잠든 할머니를 보면서 부친은 그렇게 말했다. 집 밖으로 나갔다가 길을 잃은 할머니를 늦은 밤 명례방 끝자락에서 발견했을 때 우리는 할머니를 위해 한성을 떠나기로 했다.

"연산이요?"

내 반문에 부친은 고개를 끄덕였다. 연산. 전에도 들은 적이 있는 곳이었다. 고모가 명례방에서 할머니를 찾았을 때, 할머니가 목멱산을 연산이라 불렀다고 했다. 고모가 아무리 어르고 달래도 언니가 있는 집으로 가야 한다면서 완강히 버텼다고. 결국 고모는 같이 갔던 노복들의 도움을 받아 억지로 할머니를 끌고 왔다.

"그래. 할머니 친정집이 그곳에 있다. 그 집으로 갈 거야."

"그 집으로 간다고요? 그럼 원래 살던 사람들은요? 다 같이 산다는 거예요?"

"⋯⋯할머니 가족은 더는 그곳에 없어. 행방이 묘연하단다. 그 집도 물어물어 겨우 살 수 있었지⋯⋯. 올초에 출타했을 때 겸사겸사 그곳에 가봤는데, 오래 방치되어 사람이 살기에는 적합하지 않더구나. 일단은 장공을 불러 수리해달라고 했다. 제대로 수리했는지는 모르겠지만."

부친은 할머니의 친정이 나름 명문가였다고 했다. 현감은 물론 중앙 관리까지 두루 배출해 위세를 떨쳤지만, 할머니 윗세대부터 쇠락하였다고. 망한 부자라 할지라도 삼대는 먹고 산다고 하지 않던가. 가세가 기운다고 할지라도 반가는 반가였다. 시집간 여식이라 할지라도 하루아침에 상부(喪夫)하여 과부가 되었다면 가문에서도 내치지는 않았을 것이다. 친정으로 돌아갔다면 최소한 먹을 것과 입을 것을 걱정하지는 않았겠지. 그러나 할머니는 끝까지 친정으로 돌아가지 않았다. 온갖 고생을 하면서도 한성에서 어린 두 아이와 함께 살았다.

생계를 고민했던 할머니는 결국 집주릅이 되었다. 반가의 여식이었음에도 상업에 종사했다. 부친은 할머니의 업을 이어받고 나서야 그게 얼마나 힘겨운 일이었는지를 체감했다. 할머니를 향한 부친의 효심이 더욱 깊어진 것은 당연한 일이었다.

내가 입을 다물며 아무 말도 하지 않자 부친은 다정한 목소리로 말했다.

"우리는 여기 일을 마무리 짓고 내려가마. 네가 할머니와 행랑 사람들을 데리고 먼저 연산에 가 있거라. 가서 집도 제대로 수리했는지 확인하고."

"그래도……."

"너도 이곳에 남아 있으면 불편하지 않더냐."

부친이 무심결에 내뱉은 말에 나는 바로 입을 다물며 안색을 굳혔다. 부친도 당황했는지 헛기침을 했고, 모친은 어두운 낯빛이 되어 낮게 탄식했다. 옆에 앉아 있던 고모가 타이르듯 말했다.

"똥이 무서워서 피하더냐? 더러워서 피하는 거지. 그

리고 묻은 똥은 물로 씻어내면 그만이야. 걱정할 거 하나도 없어. 네가 도망가는 게 아니라…… 그래, 씻으러 간다, 이렇게 생각하자. 어? 네 부모님은 일 때문에 꼼짝 못 한다는 거 알잖니. 나도 딸린 식구 때문에 어디 갈 수가 없고."

내가 왜, 내가 왜 피해야 하냐고 소리를 지르고 싶었다. 하지만 나는 입을 꾹 다물며 고개를 끄덕였다. 손가락 끝으로 할머니의 은백색 머리카락을 쓰다듬었다. 그래, 나는 도망가는 게 아니었다. 할머니를 위해서 가는 거였다. 그와는 아무 상관 없었다.

◦

그와 처음 눈이 마주쳤을 때, 나는 검술을 연습하고 있었다. 내게 검술은 일종의 치기 어린 저항이자 나 자신을 보호하던 방어책이었다. 반가 여식이 아니라 집주릅의 여식이라며 나를 놀리던 아이들도 내가 나뭇

가지를 휘두르면 입을 삐죽 내밀면서 재빠르게 내빼곤
했으니까. 하지만 나이가 들자 더는 나를 두려워하지
않았다. 나를 보고 낄낄거릴 뿐이었다. 자신을 어찌 보
호해야 할지 몰랐던 나는 내가 아는 유일한 방법을 고
수했다. 나는 계속 검을 휘둘렀다. 나뭇가지에서 목검
으로, 목검에서 진검으로. 그저 휘두르는 것의 종류만
바뀌었을 뿐이었다. 부친은 괜히 검술을 가르쳤다며
이마를 짚곤 하셨지만, 이거라도 없었다면 나는 버티
지 못했을 것이다.

　그날도 나는 대문 바로 옆에서 검을 휘두르고 있었
다. 물길이 지나는 곳이라 사실상 공터였고, 중문 밖이
라 오가는 이도 없었기에 검을 연습하기 좋았다. 그렇
게 한참을 휘둘렀을 때였다. 누군가의 시선이 느껴졌
다. 나는 고개를 돌려 대문을 살폈다. 문이 조금 열려
있었다. 그리고 사람 얼굴 하나 들어갈 정도로 좁은
틈 사이로 누군가 서 있는 것이 보였다. 그는 그곳에
서서 팔짱을 끼고는 비스듬히 고개를 기울인 채 나를

바라보았다. 마주친 눈 아래로 붉고 날렵한 입술이 옅은 웃음과 함께 벌어졌다. 나는 미간을 찌푸리며 그를 훑었다. 무관복을 입은 걸 보니 의금부 관원인 듯했다. 의금부는 견평방 바로 옆에 있었고, 우리 집은 의금부 뒷길과 이어져 있었다. 내가 검을 검집에 넣으면서 그를 노려보자 그는 피식 웃으며 자리를 떠났다.

나는 문을 닫았고, 그 뒤로 다시는 문을 연 채로 검을 연습하지 않았다. 그런데 언제부터인가 계속 그가 보였다. 시전에 나갈 때도, 집주릅 일로 가옥을 보러 갈 때도. 잊을 만하면 내 눈앞에 나타나 나를 보고 웃었다. 그리고 몇 달 뒤, 집에 매파가 찾아왔다. 그의 가문에서 혼담을 꺼낸 것이다. 매파는 조상이 복을 쌓은 모양이라고, 이렇게 좋은 인연이 제 발로 찾아왔으니 절대 놓쳐서는 안 된다며 호들갑을 떨었다.

우리 집은 당연히 발칵 뒤집혔다. 서로 가세가 맞지 않는 혼인인 데다가 그의 평판이 딱히 좋지는 않았기 때문이다. 아직 성가도 하지 않았는데 시비(侍婢) 여럿을 임신시켰다나. 의정부 좌참찬이라는 부친이 이 사실을 알고 입으로 불을 뿜었다지만, 막상 불똥을 뒤집어쓴 건 애꿎은 시비들이었다. 태아를 지우는 탕약을 마셨고, 매를 맞았으며, 다른 가문으로 팔려 갔다. 시비들이 무슨 죄가 있다고. 일어나라고 하면 일어나야 하고, 누우라 하면 누워야 하는 게 그들의 서러움 아니었던가.

견평방에서는 솟을대문이 아닌 집을 찾아보기가 힘들었다. 그만큼 신분이 높고 부유한 이들이 많이 살았다. 그러나 집값이 워낙 비싼 동네라 가옥들이 모두 작았고, 다닥다닥 붙어 있었다. 이웃과의 거리가 가까운 만큼, 구설도 빠르게 퍼지는 것이 견평방의 풍습이었다. 그의 나쁜 평판이 자연스레 우리 귀에 들어왔던 것처럼 그의 가문이 우리 가문에 혼담을 넣었다는 소식도 바람처럼 빠르게 퍼져나갔다. 이웃들은, 심지어는 부친과 모친도 혼담을 받아들여야 한다고 생각했다. 반가의 여식으로 태어나 중인 취급을 당했던 게 미안하셨던 거겠지. 저런 가문으로 시집을 간다면 더는 그런 수모를 겪을 필요가 없을 것이다. 허나 나는 그와의 혼인을 원하지 않았다. 사실 누구와도 혼인하고 싶지 않았다.

내가 완강히 버티자 부모님도 더는 강요하지 않으셨다. 혼담은 없던 일이 되었지만, 문제는 그다음이었다. 그는 우리 가문의 거절을 받아들이지 못했다. 그래서 내 주변을 배회했다. 종일 나만 따라다니는 것 같다는 착각이 들 정도로 시야 안에서 서성였다. 아니, 그건 착각이 아니었다. 전에는 잊을 만하면 그가 보였다면, 그 뒤로는 잊고 싶을 정도로 자주 보였다. 나는 참았다. 그의 뜻대로 되게 하지는 않을 거라고, 참고 또 참았다. 하지만 더는 참을 수가 없었다. 내가 알고 있는 유일한 방법으로 그에게 저항했다. 그를 검으로 벤 것이다.

상처는 깊지 않았다. 그도 죽지 않았다. 차라리 내가, 그냥 내가 죽어버렸으면 좋았을 텐데. 나는 방에

틀어박혀 삶과 죽음을 고민했다. 내 목숨이 끊어질 때
에야 비로소 끝낼 수 있는 고민을 하고 또 했다. 그랬
던 내가 죽음을 택하지 않았던 건 억울했기 때문이
다. 내가 뭘 잘못했다고. 그놈이 내게 어떤 짓을 했는
데. 그 일이 생긴 뒤로 그는 아무 짓도 하지 않았다. 더
는 나를 찾아오지도 그 일을 문제 삼지도 않았다. 그
러려면 자기 죄도 함께 밝혀야 할 테니까. 그런데도 내
일상은 산산조각 났다. 굳이 그가 나서지 않더라도
세상이 그를 위해 대신 나서기도 한다는 것을, 그때의
나는 몰랐다. 그중에서도 나를 가장 괴롭게 만든 건
소문이었다. 사람들의 눈초리는 바늘 끝처럼 따가웠
고, 소리 없이 전해지는 이들의 수군거림은 화살처럼
내 마음을 파고들었다. 할머니의 병세가 심해진 것도
이때부터였다.

어쩌면 나 때문일지도 모른다고, 그렇게 한동안 자
책했었다.

결국 나는 할머니와 함께 연산으로 떠났다. 처음에

는 복잡한 심경이었지만, 견평방을 벗어나자 숨이 조금 트였다. 성문을 지나자 마음이 홀가분해졌고, 성저십리를 지나 경기도에 들었을 때는 조금 유쾌하기도 했다. 그건 할머니도 마찬가지였다. 할머니는 언니와 함께 멀리까지 나온 건 처음이라면서 내 손을 붙잡고 환히 웃었다. 내가 유쾌해질 수 있었던 건 어쩌면 할머니의 웃음 덕분일지도 몰랐다.

할머니는 연산에 온 뒤로 눈에 띄게 달라졌다. 더는 생경하다는 얼굴로 집 안을 두리번거리지도, 집으로 가겠다며 도망을 치지도 않았다. 할머니는 어린아이처럼 매일 밖을 쏘다녔고, 때가 되면 집으로 돌아왔다. 한성부에서 지낼 때와 달리 연산에 온 할머니는 집으로 돌아가는 길을 잊는 법이 없었다. 그러나 나는 불안한 마음에 매번 할머니의 뒤를 쫓았다. 생각해보면 이때 할머니는 특정 장소를 찾고 있었던 것 같다. 연산을 샅샅이 누비다가 한 계곡을 찾아낸 할머니는 더는 연산을 헤집고 다니지 않았다.

그 계곡은 다섯 살이 모여 있는 불길한 땅이었다. 이런 곳은 양택(陽宅, 산 자가 사는 집)은 물론이요, 음택(陰宅, 묫자리)으로도 쓸 수 없었다. 평소라면 얼씬도 하지 않았을 곳이었다.

가옥을 사고파는 집주릅에게, 그것도 양반을 대상으로 가옥을 사고파는 집주릅에게 풍수지리는 아주 중요한 소양이었다. 우리 가문이 단기간에 한성을 주름잡는 집주릅이 될 수 있었던 것도 풍수지리에 능한 할머니 덕분이었다. 할머니가 풍수지리를 논할 때면 역학을 공부했던 이들도 혀를 내둘렀고, 양반들은 주저 없이 금은보화를 내주었다.

그랬던 할머니도 어렸을 때만큼은 풍수지리를 몰랐던 걸까? 아니면 불길하고 위험한 곳이라는 걸 알면서도 이곳을 찾는 걸까? 할머니는 이곳을 찾을 때마다 갈대를 뜯었고 나뭇가지를 꺾었으며 무릇 풀을 뽑았다. 나뭇살 때문에 거듭 손을 베이면서도 멈추려고 하지 않았다. 꺼림칙했지만, 결국 내가 나설 수밖에 없었다.

나는 허리에 차고 있던 검집에서 장검을 꺼내 날을 휘둘렀다. 갈대와 나뭇가지, 무릇 풀이 후드득 떨어졌다.

그 뒤로 할머니는 더는 그곳을 찾아가지 않았다. 대신 별당에만 머물렀다. 방 안에 수북하게 쌓인 갈대와 나뭇가지 그리고 무릇 풀로 무언가를 만들었다. 나뭇가지로 몸통을 만들고 갈대를 엮어 얼굴을 만들었으며 무릇 풀로는 머리카락을 만들었다. 풀각시였다. 요와 이불, 베개를 준비하고, 병풍을 쳐놓고 혼례식과 첫날밤 흉내를 내면서 가지고 노는 인형. 할머니는 입고 있는 노랑 저고리와 붉은 치마를 조금씩 잘라서는 그걸로 풀각시 옷까지 만들었다.

할머니가 찾던 건 다섯 살이 모인 계곡이 아니라 계곡에 있는 재료로 엮어 만든 풀각시였던 걸까? 까닭 없이 그런 생각이 들었다. 풀각시는 여아들이 가지고 노는 인형이니까. 작지만 굳센 손가락을 움직이며 풀각시의 머리카락을 땋아주던 할머니가 자랑이라도 하는 것처럼 내게 풀각시를 보이며 말했다.

"언니, 나 잘했지? 이렇게 물곳 풀 끝을 실로 묶어서 머리카락을 땋는 거라고 했잖아."

나는 웃으며 답했다.

"네. 아주 튼튼하게 잘 만드셨네요."

"언니가 그랬잖아. 별당에서 사는 아이들은 다 자기 풀각시를 하나씩 가지고 있었다고. 언니는 이미 있잖아. 이건 내 거 할 거야."

"예. 알겠습니다."

내가 웃으며 답하자 할머니는 주변을 살피며 눈치를 보다가 속삭이듯 말했다.

"언니. 이건 꼭 내가 언니를 위해서 쓸게. 언니도 그렇게 해줬잖아. 나 그거 안 잊었어."

이때는 전혀 알지 못했다. 할머니가 만들고 있는 게 무엇인지를, 그것을 왜 만들고 있는지를. 나를 위해 쓰겠다는 게 무슨 뜻이었는지를.

할머니가 살던 고택은 제법 넓은 집이었다. 별당채, 안채, 사랑채, 고방채는 물론이고 사당채도 있었다. 그중 가장 높은 기단 위에 지은 사랑채는 어찌나 웅장하게 세워놨는지 보기만 해도 기가 질릴 정도였다.

견평방에 있던 우리 집은 사랑채가 따로 없었다. 손님을 맞이하는 공간은 문간방 하나면 족했고 굳이 가옥으로 위엄을 드러낼 필요도 없었으니까. 이런 사랑채를 지은 가문이라면 내외법도 확실하게 지켰을 것이다. 내외법. 할머니는 이 집에서 태어나고 자랐지만, 여인의 몸이기에 사랑채를 드나들지 못했겠지. 나는 할머니가 친정으로 돌아가지 않으려고 했던 이유를 알 것 같았다.

그런데 시간이 지나자 집이 좀 이상하다는 생각이 들었다. 다른 건 멀쩡했는데 별당이 이상했다. 다른 이들의 눈에는 북쪽 끝에 있는 별당이 고즈넉하면서도 평범하게 보이겠지만, 내 눈에는 달리 보였다. 이 별당에는 확실히 문제가 있었다. 별당 앞뒤로 조심스레 다져놓은 작은 길이 하나씩 가로놓였고, 별당 바로 옆에는 작은 길이 세로로 나 있었다. 분명 사람의 발이 수없이 닿은, 발자국으로 다져진 길이었다.

《고사촬요(攷事撮要)》에서는 이런 길을 시체를 멘 형상이라 하여 '강시(扛屍)'라고 불렀다. 여기에 세로로 된 길이 하나 더 놓여 정(井)자형이 되어도 집은 흉택이 되는 법이었다. 게다가 길이라고 하는 것은 본래 어딘가로 가기 위해서 만든 게 아닌가. 그런데 별당을 지나는 길들은 그 끝이 막다른 곳과 이어져 있었다. 누구를 위해 만든 길일까. 누가 이 길로 오가는 걸까. 아무리 생각해도 대흉이었다.

할머니가 풍수지리에 능한 것을 보면 가문 사람들도 풍수지리에 능했을 터인데, 어째서 이런 가옥을 만들어놓았을까. 심지어 할머니는 별당에만 머물 것을 고집했다. 별당의 길흉을 눈여겨본 내가 안채로 옮기는 것이 어떻겠느냐고 묻자 할머니는 절대 안 된다면서 펄쩍 뛰었다. 아이처럼 드러눕기도 하였다. 결국 나도 포기할 수밖에 없었다. 할머니를 위해 연산으로 거처까지 옮겼는데, 할머니가 싫다는 것을 강요할 수는 없지 않겠는가. 무엇보다 할머니는 사랑채와 안채를 불편해했다. 밖으로 나갈 때도 마당을 빠르게 가로지를 뿐 안채나 사랑채 쪽으로는 고개도 돌리지 않았다.

별당 안 침방에 앉아 구석구석을 둘러본 나는 찝찝함을 뒤로하면서 할머니에게 물었다.

"할머니, 별당에는 원래 누가 살았어요?"

그 말에 할머니는 여긴 언니 처소잖아, 라고 답했다. 할머니의 시선은 여전히 풀각시를 향해 있었다. 풀각시의 팔을 붙잡은 할머니의 손이 이리저리 움직이자 풀각시도 나뭇가지로 만든 두 손을 휘휘 흔들었다. 풀각시를 만든 뒤로 할머니는 손에서 풀각시를 내려놓는 법이 없었다.

언니 처소라고? 할머니의 언니는 어디에 있는 걸까.

아직 살아 계시기는 한 걸까. 그러고 보니 할머니는 자기 친정에 관한 이야기는 일절 하지 않았다. 이 집에 살았던 할머니의 가족들은 모두 어디로 갔을까. 나는 이런저런 생각을 하다가 할머니 곁에 누워 눈을 감았다.

귓가에서 사각사각 풀 소리가 났다. 할머니가 또 풀각시의 머리카락을 빗겨주고 있는 모양이었다. 별당에 누워 그 소리를 듣다가 잠드는 일이 어느새 일상이 되어버렸다. 코로 은은히 전해지는 풀 내음에서 점차 생기 가득한 풀 비린내가 사라지고 마르고 뻣뻣한 냄새가 났다. 겨울의 냄새였다. 그렇게 계절이 순환하며 다시 겨울이 되었다.

＊

정월이었다. 가족들은 보름마다 한 번씩 서신을 보내와 사소한 안부를 물었다. 할머니는 안녕하신지, 밥은 잘 드시는지. 다만 이번 서신에는 곧 연산으로 출발

할 거라고, 그때까지 잘 지내고 있으라는 당부가 적혀 있었다. 나는 서신을 접으면서 방 한구석에 앉아 있는 할머니를 불렀다. 할머니는 방과 우물마루의 경계에 세워진 불발기문 앞에 앉아, 매화 꽃살에 붙여진 창호지에 귀를 댄 채 가만히 소리를 듣고 있었다.

"할머니, 거기서 뭐 하세요?"

"풀각시. 풀각시가 오나 안 오나 발소리를 듣고 있어."

"무슨 풀각시요?"

"내가 만든 거 말이야."

나는 풀각시를 꼭 쥐고 있는 할머니의 손을 보며 말했다.

"지금 가지고 계시잖아요."

"내가 가지고 있다고?"

할머니는 의아하다는 얼굴로 주변을 두리번거리다가 풀각시를 쥐고 있는 자기 손을 내려다보았다. 조심스레 손을 펼치자 빨간 헝겊으로 만든 치마와 노란 헝겊으로 만든 저고리를 입은 풀각시가 모습을 드러냈다. 할머니는 멍하게 풀각시를 바라보았다.

"그러네. 아직 내가 가지고 있네."

"할머니. 정월대보름이면 가족들도 여기로 올 거예요. 그때는 다 같이 모일 거고요."

날짜를 세어보니 그쯤이면 연산에 도착할 것 같았다. 할머니가 내 말에 움찔하더니 고개를 들어 나를 보았다.

"다들 집으로 온다고? 그럼 언니는?"

"저요?"

"언니는 집에 남을 거야? 안 가고?"

"제가 어딜 가요. 같이 집에 있어야죠."

그 말에 할머니의 안색이 어두워졌다. 수심이 가득한 얼굴로 뭐라고 중얼거리다가 다짐이라도 하듯 말했다.

"나만 믿어. 내가 이번에는…… 이번에는 내가 꼭 언니를 지켜줄게."

할머니는 이상한 말을 뱉더니 풀각시를 힘껏 쥐며

불발기문을 열었다. 어디로 가냐는 말에 잿간으로 간다는 답이 들렸다. 나는 고개를 빼꼼 내밀며 밖을 내다보았다. 할머니가 댓돌 위에 놓인 신을 신고 잿간 쪽으로 걸어가는 게 보였다. 잿간에 가는데 풀각시는 왜 가져가지? 나는 이해할 수 없다는 얼굴로 할머니의 뒷모습을 지켜보다가 다급하게 일어나 밖으로 뛰쳐나갔다. 추운 겨울날, 잿간처럼 위험한 곳이 어디에 있겠는가. 게다가 이곳의 잿간은 누각형이었다. 볼일을 보러 누각 위로 올라가다가 높은 계단에서 떨어지기라도 한다면 큰일이었다. 노인의 몸은 얇은 나뭇가지와 같아 쉬이 다칠 수 있고, 일단 다치면 뼈도 잘 붙지 않았다. 오래 고생해야 했다.

후다닥 달려간 나는 마룻널 아래쪽에서, 잿간 1층에서 나오는 할머니를 보았다. 누각형 잿간은 2층이 용변을 보는 곳이었고, 1층은 2층에서 떨어진 용변과 재를 모아두는 곳이었다.

"할머니. 괜찮으세요? 거기는 왜 들어가셨어요? 잿

간 청소는 사람들이 알아서 해요. 그냥 두세요."

할머니는 괜찮다며 손사래를 쳤지만, 할머니가 마룻
널 구멍으로 빠졌던 걸지도 모른다는 생각에 나는 다
친 곳은 없는지, 지저분한 게 묻지는 않았는지 빠르게
살펴보았다. 다행히 할머니는 멀쩡했다. 찬바람이 윙
윙 소리를 지르며 천지를 휩쓸었다. 나는 할머니의 어
깨를 감싸안으면서 서둘러 발걸음을 옮겼다.

"할머니. 이러다 고뿔에 걸리겠어요. 어서 안으로 들
어가요."

나는 할머니를 걱정하는 마음에 까맣게 잊고 말았
다. 할머니가 잿간에 풀각시를 가져갔다는 것을. 그리
고 잿간에서 나온 할머니의 손에 더는 풀각시가 없다
는 것도.

※

중천에 뜬 태양이 옆으로 비스듬히 기울면서 햇빛이

기와 위에 내려앉았을 때였다. 숫을대문을 지나 걸음을 옮기던 나는 미간에 내 천(川)을 그리며 생각에 잠겼다. 연산으로 내려온 뒤로는 따로 재물을 벌 수 없었기에 한성에서 가져온 것들을 쓰면서 생활하였다. 그러나 계속 이렇게 살 수는 없었다. 가족들이 마저 내려오면 식구도 늘어날 터이니 올해부터는 농사라도 지어야 했다. 부친이 가옥과 같이 샀다는 전답이 마침 가옥에서 멀지 않은 곳에 있어 해 뜰 녘에 나가 둘러보는데, 그 땅에 농사지을 생각을 하자 앞이 다 캄캄해졌다. 밭은 잡초가 군락을 이룬 묵정밭이었고, 논은 너무 오래 물을 대지 않아 쩍쩍 갈라져 있었다. 전답도 가옥처럼 아주 오랫동안 방치되어 있었던 게 분명했다. 대체 할머니의 친정에는 무슨 일이 있었던 걸까?

행랑 마당을 가로지른 뒤 중문을 지나 안채 마당으로 들어서려 할 때였다. 다른 중문에서 나온 행랑어멈이 황급히 나를 불렀다.

"아씨, 잠깐 이리 좀 와보세요."

행랑어멈의 입에서 하얀 연기가 나오다가 흩어졌다. 이마에는 땀이 방울방울 맺혀 있었다. 연산으로 오겠다는 부친의 서신을 받은 뒤로 행랑 사람들은 분주해졌다. 별당채와 행랑채, 고방채를 제외한 다른 별채에는 사는 이가 없었다. 장공들의 수리 솜씨 덕분에 폐가처럼 보이지는 않았지만, 내부에는 뽀얀 먼지가 내려앉아 있었다. 행랑 사람들은 남은 가족들이 이곳에 왔을 때 바로 생활할 수 있도록 며칠 전부터 마당을 쓸고 마루를 닦으면서 별채를 단장했다.

"무슨 일인가?"

"오늘 사당채를 청소했는데, 거기서 나무 상자를 하나 찾았어요."

"나무 상자?"

"예. 사당채 뒤쪽에 나무가 한 그루 있거든요. 거기 아래에 얕게 묻혀 있었어요. 부적이 덕지덕지 붙어 있는 게…… 불길해요. 불길해. 아무튼 직접 와서 보세요."

나는 행랑어멈을 따라 발걸음을 옮겼다. 다시 행랑

마당을 가로질러 중문을 지나자 높은 회화나무가 나를 반겼다. 중문에 회화나무를 심으면 집안에 부귀영화가 더해진다고 하였다. 다른 별채보다 높게 지은 안채와 사랑채, 적확한 방위에 심어놓은 적합한 묘목, 문의 알맞은 방향과 길의 대길한 형상까지. 별당만 제외한다면 풍수지리를 중시하는 가문의 가옥다웠다. 사당채 뒤쪽에 있다는 나무도 느릅나무일 것이다. 뒷마당에는 백귀를 막아주는 느릅나무를 심는 법이니까. 그 아래에 상자는 왜 묻어놨을까. 그것도 부적까지 붙여서. 뭔가 흉한 걸 묻어놓은 걸까?

사당채는 사랑채 너머에 있었다. 사랑채를 지나 사당채로 간 뒤, 다시 사당채를 지나서 그 뒤쪽으로 갔다. 그곳에는 헐벗은 느릅나무가 높게 솟아 있었는데, 행랑 사람들이 그 아래에 선 채 수군거리고 있었다. 앙상한 손가락을 닮은 나뭇가지가 손을 뻗어 사람들을 움켜쥘 것 같았다.

"저기예요."

내가 다가가자 행랑 사람들이 빠르게 뒤로 물러났다. 그러자 시야에 작은 상자가 하나 보였다. 누렇게 바랜 부적이 빼곡하게 붙어 있는 상자였다. 나는 상자를 들고 흔들어보았다. 상자는 묵직했지만 둔탁한 소리나 날붙이 소리가 나지는 않았다.

"주변에 무당집이 있던가?"

"민가도 없는데 무당집이 있겠습니까. 한 10리 정도 걸어가면 작은 마을이 하나 있습니다. 거기 가서 물어볼게요."

"가서 무녀를 좀 데려오게. 혹시 모르니 혼자 가지 말고 둘이 가고."

행랑어멈은 얼굴을 굳혔지만, 곧 알겠다며 고개를 끄덕였다. 행랑어멈이 고갯짓하자 행랑 사람 중 한 명이 따라나섰다. 나는 상자를 살펴보며 잠시 고민했다. 부친이라면 곧장 부적을 뜯어내 안에 담긴 것을 확인했을 것이다. 부친은 괴력난신을 믿지 않았으니까. 나 또한 느릅나무 아래만 아니었다면 주저 없이 그렇게 했을 것이다. 하지만…… 좀 찝찝했다. 함부로 뜯어서는 안 된다는 생각이 들었다. 나는 상자를 건네주며 행랑 사람들에게 말했다.

"일단은 다시 묻어두게. 원래 있던 곳에."

나는 바로 별당으로 향했다. 사랑채 뒤쪽과 안채 뒤쪽을 이어주는 일각대문을 지나자 나지막한 내담 위로 어둑한 별당이 보였다. 참으로 이상한 일이었다. 어째서 저곳에만 해가 들지 않는 걸까. 한낮인데도 별당 전체에 하늘의 그림자가 내려앉은 것 같았다. 참으로 불길한 곳이었다.

※

할머니와 함께 석반을 먹고 있을 때였다. 밖에서 행랑어멈이 나를 불렀다. 숟가락을 내려놓고 자리에서 일어나자 할머니가 내 치맛자락을 붙잡더니 수심 가득한 얼굴로 나를 보았다.

"밤에 누가 부를 때 나가면 안 돼. 귀신이 사람을 잡아가."

나는 빙긋 웃으며 옆에 놓인 장검을 움켜쥐고는 천연덕스럽게 거짓말을 뱉었다.

"걱정하지 마세요. 이것도 들고 나갈 거니까. 이거 사인검이에요. 귀신 때려잡는 검."

할머니는 내 말을 믿은 건지 마지못해 날 놓아주었다. 나는 대청마루로 나간 뒤 문을 도로 굳게 닫았다. 마당에 서 있는 이는 행랑어멈이었다. 그녀는 내게 무녀를 데려왔다고, 무녀가 사당채 앞에서 날 기다리고 있다고 말했다. 치성에 능한 무녀이지 벽사에 능한 이는 아니라는 말도 덧붙였다. 나는 곧장 사당채로 갔다. 무녀는 백발이 성성한 노파였다. 그런데 얼굴이 불안해 보였다. 행랑어멈이 땅을 파내 상자를 꺼내주자, 노파는 상자에 붙은 부적을 유심히 살피며 말했다.

"진실을 감추고 소문이 새어 나가는 것을 막는 부적이로군요."

"그런 부적도 있는가?"

"예. 있습니다. 열어봐도 될까요?"

내가 고개를 끄덕이자 노파는 바로 부적을 뜯더니 상자를 열었다. 상자 안에는 서책 한 권과 풀각시 하나가 들어 있었다. 노파가 풀각시를 꺼내 자세히 살펴보며 말했다.

"염승(厭勝)•에 쓰이던 것 같습니다."

"염승?"

"다른 이를 저주하는 일에 쓴 것이지요. 살을 날린 것 같은데요. 보십시오. 나뭇가지로 만든 몸통에 큰 구멍이 나 있지 않습니까."

살을 날렸다고. 내가 미간을 찌푸리자 노파가 두 손으로 풀각시를 건네주었다. 나는 가까이 가져와 풀각시의 가슴 부분을 보았다. 예기에 찍힌 듯 깊게 파인 자국이 있었다.

• 목인(木人)이나 목우(木偶)를 만들어 눈에 못을 박거나 손발을 묶어 나무에 매다는 저주술. 유사한 피해가 저주받는 대상에게도 일어날 거라고 믿는다.

"매흉(埋凶)*은 아니고?"

내 말에 노파가 의외라는 듯한 눈빛으로 나를 보았다가 곧 애매한 웃음을 띠며 말했다.

"매흉이라면 느릅나무 밑에 묻지는 않았겠지요. 그런데 매흉도 아십니까?"

"가옥을 허물어 다시 지을 때는 땅을 파는 일이 많으니까. 반가에서는 땅을 다질 때 이런 게 가끔 나오네."

나는 풀각시를 상자 안에 넣은 뒤 안에 담긴 서책을 훑어보았다. 서책 종이를 넘겨 보던 나는 중간에 언급된 이름을 보고 순간 당황했다. 나는 내색 없이 서책을 덮으면서 말했다.

"고생하였네."

내가 눈짓하자 행랑어멈이 품에서 엽전을 꺼내 노파에게 건네주었다. 나는 하얀 달빛으로 얼룩진 검은 하늘을 보면서 말을 이었다.

• 특정인을 저주하기 위해 흉한 물건을 만들어 땅에 파묻는 것.

"밤이 깊었으니 오늘은 여기서 자고, 내일 아침에 조반이라도 먹고 가게."

내 말에 노파는 무언가를 고민하다가 조심스레 말했다.

"……아닙니다. 바로 돌아가야 해서요. 이만 가보겠습니다."

노파는 다급하게 몸을 돌렸다. 도망이라도 가는 듯한 모습이었다. 행랑어멈이 혀를 쯧쯧 차며 말했다.

"아까부터 무슨 소리가 들린다고 헛소리를 하더라고요. 그 말에 누가 속는다고. 우리가 그런 무녀를 한두 번 봐요? 집에 귀가 들렸네, 조상신이 노하셨네, 굿해라, 부적 써라. 그런 무녀가 한성에 얼마나 많은데. 쯧쯧. 제가 아씨 앞에서는 그런 허튼소리 하지 말라고 눈치를 단단히 주었거든요. 한몫 챙기려다가 안 될 것 같으니 바로 가네요."

조금 전에 본 서책 내용에 정신이 팔려 있던 나는 행랑어멈의 말을 대충 흘려들었고, 행랑어멈의 말이 끝나기도 전에 자리를 떠났다.

세찬 바람에 치맛자락이 비명을 지르듯 펄럭였다. 발걸음이 별당 앞마당을 지나 섬돌 위에 올랐을 때였다. 마당에서 무언가가 후다닥 움직이는 소리가 들렸다. 나는 깜짝 놀라 뒤를 돌아보았다. 아무도 보이지 않았다. 분명 지척에서 움직이는 소리였는데. 눈을 가늘게 뜨며 주변도 둘러보았지만, 이내 포기하고 침방 안으로 들어갔다. 불발기문을 닫기 직전 나는 다시 밖을 훑어보았다. 서늘한 달빛이 별당 앞마당을, 강시 길을 비추고 있었다.

※

그날 밤도 할머니는 석반을 먹자마자 잠자리에 누웠다. 나이가 들면 잠이 없어진다던데, 할머니는 아픈 뒤로 해가 지면 바로 잠들었고 늦잠을 자다가 해가 뜨면 일어났다. 어린아이라도 된 것처럼 하루에 다섯 시진은 잤다. 나는 별당 한구석에 있는 서안 앞에 앉아 까물거리는 촛불에 기대 서책을 읽었다. 부적 붙인 상자 안에 있던 서책이었다.

뭐라고 해야 할까. 이것은 일종의 기록이었다. 별당에 살던 이가 남긴 기록. 나는 손가락으로 종이를 넘기면서 내용을 훑어보았다. 앞에 적힌 글들은 언문을 배운 지 얼마 되지 않았을 때 썼는지 필법이 서툴렀다. 나는 종이를 넘겨 마지막으로 기록된 글을 펼쳐 보았다.

별당에 처음 왔을 때가 아직도 기억이 난다. 당숙이 고아가 된 나를 이곳으로 데려왔다. 먹을 것과 입을 걸 주고, 글도 가르쳐주었다. 그저 이곳에 오래오래 머물러주기만 하면 된다고, 그게 가문에 보답하는 길이라고도 했다. 처음에는 기뻤다. 이곳은 종가니까. 종가 별당에 들어가는 건 문중 여아들에게 있어서는 과거 급제와 다름이 없었다. 여아로 태어나 문중의 보호를 받을 수 있는, 평생 홀로 살아도 의식주 걱정을 하지 않아도 되는 유일한 곳이니까. 어떤 이들은 종가의 별당이 흉택이라고, 가문의 흉을 모두 가져가 시체처럼 살아야 하는 곳이라고 했지만, 나는 그렇게 생각하지 않는다. 흉도 언제든 길이 될 수 있다. 이건 내 집이었는데 당숙이 날 내쫓으려 했다. 내 집을 빼앗으려 했다. 날 동첩(童妾)*으로 만들려고만 하지 않았어도, 나도 이렇게까지 하지는 않았을 텐데. 이게 다 당숙 때문이다. 앞으로 가문이 겪게 될 일들은 다 당숙의 업보가 불러온 거다.

종이를 넘겨 앞에 적힌 글을 보았다.

당숙은 정말 무정한 사람이다. 나를 보낼 수 없어 완여라도 보낸단다. 완여는 동첩이 무엇인지도 모르면서 잔뜩 겁을 집어먹고 별당으로 달려왔다. 매달려 우는 완여를 보니 마음이 좋지 않았다. 당숙이 보낸 노복들이 완여를 끌고 갔다. 화가 난다.

• 생식능력이 다한 노인이 회춘을 위해 동침하는 여아를 칭한다. '윗방아기'라고도 한다.

읽다 말고 그 앞을 보았다.

정말로 피를 흘렸다. 이제 동첩 걱정은 할 필요가 없다. 달거리를 시작한 아이는 동첩이 될 수 없다.

또 그 앞도.

내게 살을 날릴 거다. 그게 날 지키는 방법이다.

나는 미간을 찌푸리다가 다시 앞으로 돌아가 천천히 글을 읽었다. 앞 문장을 곱씹고, 뒤 문장을 되새겨 보았다. 아침 햇빛이 창호지를 파고들어 촛불 빛을 집어삼켰을 때 나는 서책을 덮었다. 두 손으로 이마를 짚었다. 완여. 완여는 할머니의 이름이었다. 그리고 이 글을 쓴 이는 할머니가 말하던 '언니'였다.

어젯밤 느릅나무 앞에서 서책을 훑어보다가 할머니 이름을 발견하고 어찌나 놀랐던지.

풍수지리를 잘 아는 할머니네 가문이 왜 이런 가옥을 짓고 살았는지 나는 이제야 제대로 알게 되었다. 할머니네 가문은 모든 길함을 안채와 사랑채에 몰아주고, 모든 흉함을 별당채로 보냈다. 일종의 거래인 셈이었다. 가문은 별당 여아에게 의식주를 제공해주고, 별당 여아는 별당에 머물면서 가문의 액운을 막아주는 것이다. 이 글을 쓴 '언니'가 별당에 들어오기 전까지, 별당 여아와 가문은 이런 식으로 살아왔다. 그것도 수백 년 동안.

이해할 수 없지만, '언니'는 별당 생활을 좋아했다. 자신이 실제로 액운을 막고 있으며 이를 부릴 수도 있다고 믿었다. 하지만 할머니의 부친인 '당숙'이 '언니'를 영의정의 부친에게 동첩으로 보내려고 하면서 '언니'의 삶은 흔들리게 되었다. 그때 부친이 그러지 않았던가. 할머니 윗세대부터 가문이 쇠락했다고. 별당 아이가 더는 액운을 막지 못한다고 생각한 '당숙'은 별당 아이를 다른 방식으로 쓰고자 했다. 진짜 제물을 만들기로. 그것도 천지신명이 아닌 영의정에게 바치는 제물로. 가문을 떠맡을 종자(宗子, 종가의 맏아들)가 마땅히 보호해야 하는 오촌 조카에게 이런 짓을 하다니. 실로 인두겁을 쓴 악귀였다. 할머니가 친정으로 돌아가지 않을 만도 했다. 오촌 조카를 팔아치우지 못하게 되자 결국에는 딸자식까지 동첩으로 보내려고 하지 않았던가.

반가의 여식이라 할지라도 동첩으로 지냈던 이는 번듯한 양반 가문으로 시집갈 수 없었다. 할머니가 작은할아버지와 혼례를 올린 걸 보면 동첩으로 보내지지 않았던 건 분명한데. 대체 무슨 일이 있었던 걸까? 기록에 적혀 있지 않으니 나도 알 수가 없었다. 또 굳이 알고 싶지도 않았다. 할머니가 말해주지 않은 건 나름의 이유가 있기 때문일 것이다.

나라면 저런 기록을 아예 태워버렸을 텐데. 진실이 밝혀지고 소문이 날까 봐 두려웠다면 일단은 증거부터 없애는 게 먼저 아니겠는가. 상자에 넣어서, 그것도 부적까지 붙여 느릅나무 밑에 묻는 게 무슨 의미가

있겠는가. 결국 나 같은 이에게 발견되어 다 밝혀지고
말 것을.

나는 서책을 화로 안으로 던졌다. 누가 보기 전에 없
애는 게 낫겠지. 화로 안 숯불이 서책을 태우기 시작했
다. 검은 재가 화로 위에서 꽃잎처럼 날렸다. 나는 그
모습을 지켜보다가 상자 안에 있던 오래된 풀각시를
떠올렸다. 그건 '언니'의 풀각시겠지? 자신이 액운을 부
릴 수 있다고 믿었던 '언니'가 풀각시로 염승이라도 한
걸까? 당숙을 죽이겠다고 풀각시의 가슴을 식칼로 찌
른 걸까? 잠시 궁금증이 일었지만, 의문은 흩어지는
물보라처럼 빠르게 사라졌다.

돌이켜보니 그때 나는 성급하게 서책을 태울 게 아
니라 순간의 의문을 끝까지 파고들었어야 했다.

✳

된바람이 새된 목소리로 별당을 집어삼켰다. 별당

대청 분합문과 별방 덧문이 부르르 떨며 우는 소리를 냈다. 나는 오늘 밤도 잠을 이루지 못했다. 벌써 닷새째였다. 저 거슬리는 소리를 아무도 듣지 못하는 걸까? 저 소리를 나 혼자만 듣는 거라고? 엿새 전, 별당 마당에서 후다닥 지나가는 소리를 들은 뒤로 나는 매일 밤 괴이한 소리에 시달렸다. 처음에는 쥐가 내는 소리인 줄 알았다. 무언가를 긁고 갉는 듯한 소리였기에. 그때 나는 '언니'가 남긴 글을 읽느라 제대로 자지 못했고, 피곤함에 신경이 예민했다. 그래서 쥐 소리가 유달리 거슬리는 걸 거라고, 푹 자면 괜찮아질 거라고, 고양이라도 한 마리 키워야겠다고 생각하며 잠을 청했다.

그런데 그다음 날 밤, 소리가 바람을 타고 창호지를 파고들며 문지방을 넘었다. 스멀스멀 다가와 내 고막을 긁고 서늘하게 온몸을 훑으면서 심장을 들쑤셨다. 나는 어렸을 때부터 무예를 익혔기에 감각이 예민했고, 그와 동시에 감정에 휩쓸리지 않도록 오랜 훈련을 받았다. 내가 분노와 두려움에 완전히 무너졌더라면 그때 그를 죽였을 것이다. 무인은 어떠한 상황에서도 침착해야 했고, 마음이 아닌 머리의 소리를 들어야 했다. 하지만 저 소리는 무인의 정신력으로 견뎌낼 만한 성질의 것이 아니었다. 오히려 무인의 본능이, 내 몸의 감각이 아우성을 쳤다. 위험하다고, 절대 밖으로 나가서는 안 된다고, 저건 네가 이길 수 없는 거라고, 차라리 두려워하라고.

두려움에 압도되면 모든 감각이 깨어나기에 저 멀리에서 전해지는 소리도 지척에서 울리듯 또렷하게 들리는 법이었다. 선명한 소리가 머릿속에서 그것의 동선을 그렸다. 기척이 마당을 지나 기단에 오르더니 다시 섬돌에 오른다. 툇마루를 지나 머름동자를 쿡쿡 친다. 기둥을 쓱쓱 긁어대며 타고 올라서는 기왓장을 밟으면서 지붕을 거닌다. 저 위에서 나를 내려다본다. 꼼짝도 하지 않고 나를 응시한다.

두 다리에 힘이 빠지고, 손에는 핏기가 가셨다. 온몸

이 공포에 휩싸였다. 지붕 위에 서 있는 무언가가 내 몸을 밟고 있는 것 같았다. 묵직한 압박감에 숨을 쉴 수 없었다. 흐트러진 기왓장 틈새로 그것과 눈이라도 마주칠까 봐 나는 감은 두 눈을 뜨지도, 위를 올려다 보지도 못했다. 그럴 용기가 나지 않았다.

괴이한 소리에 시달리며 건밤을 보낸 나는 아침 해가 밝자마자 행랑채로 달려갔다. 막 잠에서 깨어난 행랑어멈을 붙잡고 물어보았다. 지난밤에 그 소리를 들었냐고. 하지만 행랑에 있는 그 누구도 이상한 소리를 들은 적이 없다고 했다. 겨울바람 소리, 한밤중에 소변을 보러 가는 이의 발걸음 소리, 밤길을 걷다가 넘어진 이의 신음을 들은 적은 있어도, 누군가 집을 배회하는 괴이한 소리는 들은 적이 없다고.

그러나 다음 날도, 그것은 어김없이 별당을 찾아왔다. 내가 잘못 들은 게 아니라는 걸 증명이라도 하려는 것처럼. 나는 정말 미칠 것만 같았다. 밤에는 공포에 사로잡혔고, 낮에는 초조함과 의구심에 시달렸다. 가끔

은 피로를 견디지 못해 아무 데서나 멍석잠을 자기도
했다. 저것은 대체 무엇일까. 왜 나타난 걸까. 무엇을 하
려는 걸까. 모른다는 것. 나만 홀로 그것의 존재를 알
뿐, 아무도 그것의 존재를 눈치채지 못한다는 점이 나
를 막막하게 만들었다. 나 또한 그것을 감지만 할 수
있을 뿐 그것에 대해서는 아무것도 모르지 않던가.

그것이 내 머릿속을 좀먹었다. 그것을 제외한 다른
생각을 할 수 없게 되었다. 나는 행랑어멈을 시켜 다
시 무녀를 데려오라 했지만, 공교롭게도 무녀는 출타
중이었다. 언제 돌아올지 알 수가 없었다. 반면 어두운
밤은 어김없이 나를 찾아왔다.

※

다시 하루가 지나고, 정월대보름이 되었다. 나는 또
밤을 지새웠다. 지난밤, 그것이 침방 안으로 들어오려
했다. 끼이익 소리를 내며 덧문을 열고는 미닫이 창문

마저 열려고 했다. 천천히, 그러면서도 꾸준하게 내게 다가왔다. 빠르면 오늘 밤, 늦어도 내일 밤에는 그것이 안으로 들어올 것이다. 나는 그걸 본능으로 알았다.

아침 햇빛이 싸늘한 겨울바람과 함께 창호지를 파고들었다. 얼마 지나지 않아 행랑어멈이 별당을 찾아왔다. 퀭한 두 눈의 나를 보고 흠칫했지만, 곧 걱정스럽다는 얼굴로 귀밝이술을 전해주었다. 정월대보름의 풍습이었다. 행랑어멈은 나에게 1년 내내 좋은 소식만 들으라며 덕담도 건네주었다. 하지만 덕담은 의미 없이 귓가를 맴돌다가 흩어져버렸다. 나는 빈말로 감사를 표하며 병째로 술을 들이켰다. 단숨에 병 하나를 비우자 차가운 술이 목을 타고 내려가며 속을 가득 채웠다. 가슴속 냉기가 뜨거운 기운으로 바뀌며 온몸에 퍼졌다. 그 모습을 본 행랑어멈이 나를 만류하려 했지만, 곧 내 고집을 기억해내며 혀를 쯧쯧 찼다. 빈속에 그리 마시면 탈이 난다고, 조반부터 먹고 마시라는 잔소리가 잠시 이어지다가 반빗간 쪽으로 사라졌다.

조반. 그 말을 되뇌다 피식 웃었다. 지금 조반이 문제던가. 곧 제삿밥을 먹게 될지도 모르는데. 술기운이 빠르게 퍼지자 시야가 빙빙 돌았다. 그런데 정신만큼은 명료해졌다. 나는 이제껏 있었던 일들을 복기하며 구슬 꿰듯 이어보았다. 흩어진 조각의 아귀를 맞추듯이 말이다.

할머니는 한성에 있는 가족들이 연산으로 온다는 말에 크게 당황했다. 나를 '언니'로 착각하고 가족을 '가족'이라고 착각했던 거라면, '가족'이 '언니'를 해할 거라고 여기고 있는 할머니가 그걸 막고자 했던 거라면……. 할머니는 풀각시를 만들 때 내게 이렇게 말했었다. 이번에는 꼭 '언니'를 위해서 풀각시를 쓰겠다고. 그렇다면 할머니는 '언니'를 돕고자 직접 살을 날렸던 게 아닐까. 그것도 다섯 살이 깃든 풀각시로. 자고로 다섯 살이 모이면 살이 오감을 파고들어 사람을 해한다고 하였다. 풀각시…… 그래, 그건 풀각시였던 거야. 술이 확 깨는 듯한 기분이었다.

나는 다급하게 자리에서 일어나서는 그대로 밖으로 달려나갔다. 차가운 겨울바람이 온몸을 휘감아 얼음물에 들어간 것 같았다. 물에 빠진 이가 살아남기 위해 발버둥을 치듯 나는 달리고 또 달렸다. 할머니는 풀각시를 가지고 잿간에 갔고, 다시 나왔을 때는 손에 풀각시가 없었다. 잿간 안에는 재를 푸는 삽이 있으니 재 속에 묻었거나 땅에 파묻었을 가능성이 있었다. 염 승이 아닌 매흉이었나?

나는 잿간 1층을 헤집어놓았다. 용변과 뒤섞인 재를 삽으로 파내며 풀각시를 찾아보았다. 땅까지 파헤쳐졌지만, 풀각시는 그곳에 없었다. 대체 어디로 간 거지? 이번에는 반빗간으로 달려갔다. 마침 국을 푸고 있던 행랑어멈을 붙잡고 잿간 청소를 했냐고 묻자 행랑어멈은 영문을 모르겠다는 얼굴로 답했다.

"별당 쪽 잿간은 아씨와 마님만 쓰시잖아요. 보름에 한 번씩 비우는걸요. 며칠 뒤에 치울 거예요. 무슨 일인데 그러세요? 너무 지저분해요? 오늘 치울까요?"

"청소를 안 했다고?"

"예. 근데 이게 무슨 냄새……. 아씨, 괜찮으세요?"

그럼 그게 어디로 갔단 말인가? 발이 달려 도망이라
도 갔단 말인가? 행랑어멈은 내가 술에 취해 그런 줄
알고 물이라도 마시라며 대접을 건네주었다. 나는 물
을 들이켠 뒤 다시 별당으로 돌아갔다. 할머니에게 풀
각시를 어디에 뒀냐고 물어볼 생각이었다.

하지만 아무리 물어봐도 할머니는 걱정할 거 없어,
곧 돌아올 거야, 라는 답만 할 뿐이었다.

✳

둥근 달이 떠오르는 정월대보름이 지나자 귀신이 산
자를 잡으러 온다는 귀신날이 되었다. 행랑 사람들이
머리카락과 고추씨를 태우고 자신의 신발을 감췄다.
가시 돋은 엄나무를 대문에 꽂고, 귀신의 머리를 으깬
다면서 방아를 찧거나 널을 뛰었다. 나는 별당 마당에

서 평소처럼 검을 휘둘렀다. 검무를 추는 무녀처럼, 적군을 베는 무장처럼, 검으로 베고 또 베었다. 그것이 오늘 밤 안으로 들어온다. 귀신이 산 자를 잡으러 올지도 모른다는 그런 막연한 믿음이 아니었다. 이건 확신이었다.

나를 집어삼킬 듯 몰려왔던 두려움과 초조함도 흐르는 땀에 씻기면서 조금씩 옅어졌다. 그렇게 한참 허공을 가르자 그를 베었을 때가 생각났다. 머릿속에 남아 있던 풀각시가 서서히 지워지고, 그가 그 자리를 차지했다. 검날에 닿던 그 이물감, 검 자루로 전해지던 둔탁한 파동. 그리고 이어지던, 살을 베던 느낌. 피부를 찢으며 속살을 가르던 그 느낌이 검 자루를 쥔 내 손을 파고들었다. 나의 저항이 속절없이 끝날 거라 확신했던, 반격을 예상하지 못했던 그의 두 눈이 회동그래 떠지던 순간, 그의 눈빛에는 분노와 괘씸함이 메마른 들에 붙은 불길처럼 퍼졌다. 그는 검에 베이는 순간에도 나를 두려워하지 않았다. 그날 일을 떠올리자 검

자루를 쥔 손에도 힘이 들어갔다.

그렇게 해가 질 때까지 그를 베었다. 그의 가슴을 찌르고, 그의 팔을 베며 그의 목을 잘랐다. 하지만 검날에는 아무것도 닿지 않았고, 검 자루에 전해지는 건 바람줄기뿐이었다. 피부를 찢으며 속살을 가르던 느낌도 느껴지지 않았다. 먹어도 먹어도 굶주림에 시달리는 아귀(餓鬼)라도 된 것처럼 나는 그를 베고 또 베었지만, 그때 그 느낌을 다시 재연할 수는 없었다.

해가 지자 할머니가 나를 별당으로 불렀다.

"언니. 들어와. 밤에는 밖에 있으면 안 돼."

나는 안으로 들어가 할머니와 함께 석반을 먹었다. 할머니는 졸음이 몰려오는지 꾸벅꾸벅 졸며 밥을 먹었다. 상을 일찍 물린 뒤 이부자리를 폈다. 자리에 누운 할머니가 내 손을 잡고 말했다.

"언니. 이번에는 꼭 내가 언니를 지켜줄게."

나는 웃으며 할머니의 얼굴을 쓰다듬었다. 할머니는 두 눈을 감더니 곧장 잠에 빠져들었다. 시체라도 된 것처럼 미동도 하지 않고 잠을 잤다. 나는 몸을 일으킨 뒤 다시 검을 쥐었다. 밤이 깊어지면 그것이 올 테니까. 오늘은 기필코 방 안에 들 터였다. 나는 검을 쥐고 불발기문 앞에 앉았다. 매화 꽃살에 붙여진 창호지에 귀를 댄 채 가만히 소리를 들었다.

귀신날에는 대문 밖으로도 외출하지 않는 법이었다. 행랑 사람들 또한 행랑에만 머물며 별당 근처로 오지 않았다. 인기척은 뚝 끊기고, 들리는 소리라고는 바람 소리뿐이었다. 하지만 나는 알고 있었다. 그것이 올 거라는 걸. 그래서 숨죽여 기다렸다. 기다리고 또 기다렸다. 지난한 기다림 끝에 나는 발걸음 소리를 들었다. 이제껏 들었던 그것의 소리와는 전혀 다른, 사람이 내는 듯한 소리였다. 그러나 내 본능은 다르게 말했다. 그것이라고. 그것이 사람의 모습이 되어 찾아온 거라고. 나는 검집에서 검을 뽑았다. 창호지를 파고든 달빛이 검날에 맺히면서 검광이 번뜩였다.

검을 움켜쥐자 마음이 차분해졌다. 들끓던 감정도

어느새 잠들어 가슴 깊은 곳으로 가라앉았다. 그것이 마루에 올라 불발기문 앞에 섰다. 문고리를 들어 올렸는지 쇠붙이 움직이는 소리가 났다. 날숨을 천천히 내쉬었다. 나는 검을 옆으로 겨누고는 그것이 문을 열기만을 기다렸다. 불발기문 두 개가 덜컹하다 양쪽으로 열렸다. 달빛 아래로 드러난 그것의 모습에 심장이 움찔하더니 순식간에 모든 걸 깨워냈다.

아, 그였다. 그것은 그였다.

대문 밖에 서서 내가 검을 휘두르는 모습을 보고 있었을 때처럼 그는 고개를 비스듬히 한 채 나를 보고 있었다. 나와 눈이 마주치자 그가 씨익 웃었다. 웃음기 가득했던 그의 두 눈이 곧이어 분노로 뒤덮였다.

집주릅 주제에, 네가 감히 날 거부해?

나도 모르게 뒷걸음질을 치자 그것이 문지방을 넘어 성큼 한 걸음 내디뎠다. 두려움과 불쾌함이 아우성을 치며 머릿속을 집어삼켰다. 머리가 새하얘져 몸을 움직일 수가 없었다. 그때처럼 말이다.

가옥값 좀 감정해달라는 연통을 받고 성저십리로 갔을 때, 나는 빈집에서 그를 마주쳤다. 그는 그곳에서 나를 기다리고 있었다. 그가 파놓은 함정이었다. 뜨거운 입김과 헐떡이는 숨. 모욕감에 휩싸인 와중에도 나는 나 자신을 탓했다. 왜 의심하지 않았을까. 조금만 더 주의했더라면 알아차렸을 텐데. 그리 오래 검을 배웠는데도 자기 몸 하나 지키지 못하다니. 무예에는 무도가 있었지만, 세상에는 도리가 없었다. 무예가 자기 자신과의 싸움이라면, 세상사는 다른 이와의 싸움이었다. 남을 짓밟으며 그 위에 서는 게 너무나도 당연한 세상이었다. 그와의 싸움에서 나를 지키려면, 그를 짓밟아야 했다. 그가 나를 짓밟으며 승기를 거머쥐고 있는 것처럼, 나도 그를 짓밟아야 했다.

그것이 그로부터 나를 지킬 수 있는 유일한 방법이었다.

나는 그가 의금부 무관이었다는 걸, 항상 검을 가지고 다녔다는 걸 기억해냈다. 찰나 같으면서도 억겁과도 같았던 순간에 나는 그의 검을 움켜쥐었고, 그의 배를 베었다. 그렇게 승리를 거머쥐었다. 그때 그의 목을 베어버렸어야 했는데. 아예 죽여버렸어야 했는데. 그럼 나도, 내 가족도 그 길고 긴 수모를 겪지 않아도 되었을 것이다. 이곳으로 도망쳐 올 필요도 없었을 것이다. 가슴에서부터 퍼져나간 분노가 핏줄을 타고 온몸으로 뻗어갔다. 감각이 극도로 예민해지고 검 자루를 쥔 손이 기억을 더듬었다. 그때 느꼈던 감각이 처음부터 끝까지 재현되었다. 이번에는 아예 목을 치자. 모든 걸 끝내버리자.

그를 겨누던 검 끝이 호선을 그리며 움직였다. 검을 들어 올린 나는 그대로 그의 목을 향해 검을 내리쳤다. 검날이 그의 목에 닿는 순간. 쓰윽, 풀 베는 소리가 들렸다. 그의 머리가 옆으로 기울더니 툭 바닥에 떨어졌다. 떨어진 머리와 쓰러진 몸. 그 모습을 본 나는 그대로 무너지듯 주저앉았다.

나는 그날 밤 그를 베었다. 그에게 살을 날렸다.

✳

혼절이라도 했던 건지 나는 다음 날 새벽이 되어서야 열린 불발기문 앞에서 정신을 차렸다. 그의 시신은 오간 데 없었다. 그 자리에 남아 있는 건 풀각시뿐이었다. 목이 잘린 풀각시. 범람한 강물이 휩쓸고 지나간 땅처럼 내 정신은 엉망이 되어 있었다. 하염없이 자리에 앉아 넋을 놓았다.

행랑어멈이 조반상을 들고 별당으로 찾아왔다. 나는 멍한 얼굴로 그 모습을 보다가 고개를 돌려 할머니를 보았다. 할머니는 아직 자고 있었다. 오늘도 늦잠을 자는 모양이었다. 조반상을 내려놓은 행랑어멈이 내게 그때 그 무당이 찾아왔다고 말했다. 나는 자리에서 일어나 곧장 밖으로 나갔다. 별당 마당에 선 노파가 고개를 이리저리 움직이며 주위를 훑고 있는 게 보였다. 무녀는 더는 귀신 소리가 들리지 않는다고, 자신이 괜한 걱정을 한 것 같다고 했다. 나는 무녀에게 대체 어디를 갔었던 거냐고 물었다. 무녀는 이 집에 부적을 써줬던 또 다른 무녀를 찾아갔다고, 그리고 이런 말을 들었다고 했다.

부적을 써준 무녀는 40여 년 전의 일을, 이 집에서 있었던 일을 똑똑히 기억하고 있었다. 쉬이 잊을 수 있는 일이 아니기 때문이었다. 그때 이 집에는 큰 변고가 있었다. 별당에 살던 아이가 하룻밤 사이에 큰 병에 걸린 것이다. 분명 살아 있는데, 살아 있는 게 아니었다. 혼이 빠져나간, 살아 있는 시체가 되었다. 그다음은 종자였다. 별당 아이가 화를 당한 날, 종자는 가슴을 부여잡으면서 고통을 호소했고 밤이 되자마자 숨을 거뒀다. 그런데 그다음 날 종자가 되살아났다. 종자의 시신을 염하던 이가 비명을 지르며 혼절하고, 통곡하던 문중 사람들은 몸을 일으킨 종자를 보고 말을 잇지 못했다.

그리고 같은 시각, 별당 아이가 목숨을 잃었다. 괴이한 일이라며 모두가 놀랐지만, 놀람도 잠시뿐이었다. 자신을 길러준 당숙에게 보답하려 오촌 조카가 효를 다했다면서 문중 사람들은 크게 기뻐했다. 별당 아이는 시신이 되어서야 시체를 멘 형상이라는 강시 길을 떠날 수 있었다. 아이는 선산에서 가장 양지바른 곳에 묻혔다.

가문의 기쁨은 오래가지 못했다. 수백 년 동안 고여 있던 액운이 한꺼번에 들이닥치기라도 한 것처럼 온갖 일이 터졌기 때문이다. 누군가는 폄적당했고, 누군가는 귀양을 갔으며, 또 다른 누군가는 병으로 목숨을 잃었다. 심지어 가문과 자주 왕래하던 노인조차 화를 당했다. 무언가를 받으러 이 집으로 향했다가 낙마로 숨을 거두었다던가. 알고 보니 그 노인이 영의정의 부친이었다고 했다. 요양을 위해 연산 어딘가로 왔었다나. 노인이 죽었다는 소식이 영의정 사저로 전해지기도 전에 영의정이 죄를 지어 파직되었다는 소식이 더 빨리 이곳으로 전해졌다.

얼마 지나지 않아 이 집에 저주가 내려졌다는 소문이 돌았다. 결국 가문 사람들도 뿔뿔이 흩어졌고, 종자만이 마지막까지 이 집에 남았다.

"부적을 써달라고 한 이는 이 집 종자였던가?"

내 질문에 무녀는 빠르게 고했다.

"종자의 여식인 이 집 아씨였답니다. 무녀 말로는, 당시 아씨 주변을 살귀 하나가 맴돌았다고 합니다. 아씨에게 해를 끼치지 않아 따로 벽사를 행하지는 않았지만, 워낙 살기가 강한 귀라 걱정되었다고요. 어쩌면 죽은 별당 아씨일 수도 있겠다는 생각에 죽은 언니와 관련된 물건은 시집갈 때 가져가지 말라고 했답니다. 죽은 이가 유독 아꼈던 게 있으면 느릅나무 밑에 묻으라고도 했고요."

"……."

갑자기 불안해졌다. 가슴에 상처가 남았던 풀각시.

가슴 통증을 호소하다 목숨을 잃은 종자. 종자의 부활과 '언니'의 죽음. 그리고 한 번에 몰려온 액운. 나는 솟아오르는 불안감을 애써 억누르며 무녀에게 물었다.

"사람에게 살을 날리는 염승을 행하면, 살을 날린 이는 어찌되나?"

무녀는 자못 심각한 얼굴로 말했다.

"살을 날린다는 것은 그 살을 맞는 것이기도 합니다. 남의 팔을 자를 때는 당연히 내 몸도 잘릴 것을 각오해야지요. 같은 팔이 잘리지는 않더라도 어딘가는 잘리기 마련입니다."

살을 날린다는 것은, 살을 맞는다는 것이다…….

나는 별당에 도착할 때까지 무녀가 한 말을 곱씹었다. 불길한 예감에 가슴이 들썩였다. 섬돌 위에 오른 나는 신을 벗고 대청마루에 올랐다. 침방 안에 들어서자 조반상이 보였다. 그릇 안에 담긴 음식이 그대로였다. 수저도 가지런했다. 할머니가 아직도 일어나지 않은 것이다.

일어날 때가 되었는데…….

"할머니?"

나는 손을 뻗어 할머니의 얼굴을 만져보았다.

할머니의 얼굴이 차갑게 식어 있었다.

✳

다행히 할머니는 죽지 않았다. 그저 시신처럼 종일 누워 움직이지 못할 뿐이었다. 나는 얼음장처럼 차가운 할머니의 손과 발을 주무르며 할머니가 깨어나기만을 기다렸고, 드디어 할머니가 깨어났을 때, 부모님도 연산에 도착했다.

나는 부모님에게 이곳에서 있었던 일을 말해주었다.

허나 내 말을 들은 부모님은 내가 꿈을 꿨던 거라고, 할머니의 상태가 자기 때문에 나빠졌다는 죄책감 때문에 그런 꿈을 꾼 거라고 했다. 부친은 당장 사람을 시켜 별당에 있는 강시 길을 없애게 했다. 유일한 증거인 서책을 태웠으니 내 말을 증명할 방법이 없었다. 목이 잘린 풀각시라도 혹시나 하여 내밀었지만, 부모님은 내 말을 믿어주지 않았다. 걱정스럽다는 눈빛으로 나를 바라볼 뿐이었다.

결국 나도 입을 다물게 되었다.

얼마 뒤 할머니는 의식을 되찾았다. 더는 말을 할 수 없었지만, 내 말을 들을 수는 있었다. 할머니는 내 목소리를 들을 때마다 눈빛을 밝혔고, 눈동자를 움직이면서 나를 찾곤 했다. 나는 할머니에게 여러 이야기를 해줬다. 어제는 달빛이 밝았다고, 오늘은 나뭇가지가 꽃봉오리를 틔웠다고. 이제 봄이 올 모양이라고. 내가 자세히 묘사해줄 때면 할머니는 그 광경을 상상이라도 하듯 두 눈을 감았다.

그러던 어느 날이었다. 부친과 모친이 한성에 있는 고모가 서신을 보냈다며 안채로 들라고 했다. 내게 보낸 서신이었다. 나는 봉투에서 서신을 꺼내 찬찬히 읽어보았다. 예상치도 못한 내용에 온몸의 피가 굳는 느낌이었다.

고모는 그에 관한 소식을 전해주었다.

그가 하옥되었다고, 저지른 죄가 많은 데다가 증좌가 산처럼 쌓여 입이 열 개라도 할 말이 없을 거라고, 감옥에서 꼼짝도 하지 못할 거라고 했다. 그자의 아비인 의금부 좌참찬 또한 자식이 저지른 죄를 덮어주고자 적지 않은 죄를 지었기에 바로 파면을 당했다고. 관련된 이가 한두 명이 아니니 그 집의 재난이 이 정도로 끝나지는 않을 거라고 했다.

내가 새하얗게 질린 얼굴로 서신을 움켜쥐자 서신의 내용을 몰랐던 부모님은 어쩔 줄 몰라 했다. 나는 다 읽은 서신을 부모님에게 건넨 뒤 바로 별당으로 돌아갔다.

할머니는 여전히 이부자리에 누워 있었다. 말도 한마디 하지 못하고, 꼼짝도 하지 못한 채로 자리에 누워 있었다. 그처럼 말이다. 나는 비단 천을 따뜻한 물에 적셔 할머니의 몸을 닦아주기 시작했다. 할머니가 눈을 뜨더니 눈동자를 움직이며 나를 찾았다. 나와 눈이 마주치자 눈빛으로 웃었다. 할머니의 웃음에 나는 눈물을 흘렸다.

살을 날린다는 것은 그 살을 맞는 것이기도 합니다. 남의 팔을 자를 때는 당연히 내 몸도 잘릴 것을 각오해야지요. 같은 팔이 잘리지는 않더라도 어딘가는 잘리기 마련입니다.

무녀의 말이 맞았다. 살을 날린다는 것은 그 살을 맞는다는 거였다. 같은 팔이 잘리지는 않아도 어딘가는 반드시 잘리기 마련이었다. 살을 날린 건 할머니가 아닌 나였는데…… 허나 돌아온 살을 맞은 이는 할머니였다. 나 때문에 할머니가 살을 맞은 것이다.

'언니'도 그랬던 걸까? 그때 살을 날렸던 건 사실 할머니였는데, '언니'가 돌아온 살을 맞았기에 목숨을 잃었던 걸까? 그래서 할머니는 거듭 내게 지켜주겠다고, 이번에는 꼭 지켜주겠다고 했던 걸까. '언니'에게 느끼던 죄책감과 부채감 때문에?

할머니가 '언니'에게 느꼈던 그 감정은 그대로 대물림되어 나의 감정이 되었다.

아마 평생 벗어날 수 없을 것이다. 기억을 잃더라도 이것만큼은 절대 잊을 수 없겠지.

할머니가 그러했던 것처럼 말이다.

교우촌

저는 성사가 처음입니다. 자기의 죄를 남김없이 고하
는 것이 고해성사라지요. 그런데 제가 지은 죄를 말씀
드리려면, 열 살 때 있었던 일부터 말씀드려야 합니다.
그러니까 지금에서부터 10년 전에 있었던 일이지요.
아직도 기억이 생생합니다. 오라버니를 며칠이나 졸라
산 아래에 있는 마을에 갔습니다. 처음으로 살던 마을
을 벗어나본 외출이었지요. 오라버니 뒤에 바짝 붙어
사방을 기웃거리는데 누군가 이보시오, 하며 저희에
게 말을 걸었습니다. 치마 안에 바가지라도 넣은 듯 배
가 부른 아낙이었지요. 옹기가 보고 싶다는 아낙의 말
에 오라버니는 메고 있던 지게를 내려놓고는 옹기들을

보여주었습니다. 그러자 아낙이 넝쿨무늬가 새겨진 옹기를 가리키며 안에도 같은 문양이 있는지 보고 싶다고, 길에서 이러지 말고 자기 집 마당으로 가자고 했습니다. 그러자 오라버니는 잠시 저를 내려다보았습니다. 곧 돌아올 터이니 여기서 기다리라고 제게 신신당부하더라고요. 저는 순순히 고개를 끄덕였습니다. 그게 얼마나 중한 일인지 알고 있었거든요.

서당 개 3년이면 풍월을 읊는다지요? 저도 마찬가지였습니다. 나이는 어렸지만, 아는 게 많았죠. 그 옹기는 그냥 옹기가 아니었습니다. 굴곡진 넝쿨들 사이로 조금 굽이진 십자가가 은밀하게 새겨진 옹기였습니다. 다른 이들이라면 별생각 없이 지나쳤겠지만, 같은 교인이라면 확실하게 알아볼 수 있는 표징이랍니다. 그러니까 그 아낙도 같은 교인이었던 겁니다. 그것도 외교인의 마을로 시집와 홀로 신앙을 지키고 있는 교우요. 아낙의 집은 멀지 않았습니다. 싸리문을 지나 마당에 들어선 아낙은 넝쿨무늬가 새겨진 옹기 안을 찬찬히 살펴보았습니다. 아낙의 시선이 꽃을 맴도는 벌처럼 옹기 안에만 머물렀지요. 그때 아낙은 자신에게 필요한 걸 고르고 있었을 겁니다. 안에 무엇이 담겨 있냐면요, 매괴(묵주)나 나무로 만든 십자고상 혹은 머리카락이나 뼛조각*이 들어 있답니다.

오라버니가 목소리를 잔뜩 낮추며 아낙과 대화를 나누는 사이, 저는 조용히 주변을 둘러보았습니다. 그러다가 커다란 나무 밑에 모여 있는 사람들을 보았지요. 다들 심각한 얼굴이더군요. 순간 호기심이 일었습니다. 저들은 지금 무엇을 이야기하고 있을까, 이곳 사람들은 주로 뭘 이야기하지? 우리처럼 성체와 성혈의 은총을 간절히 바라면서 성부와 성자, 성신(聖神, 성령)을 이야기하지는 않을 텐데. 함께 매괴신공(玫瑰神功, 묵주기도)을 드리지도 않겠지? 저는 기다리고 있으라는 오라버니의 당부도 까맣게 잊은 채 그들에게 다가

• 조선 시대 천주교 신자들은 순교자의 뼈나 머리카락 등을 작은 주머니에 넣어서 품에 지니곤 하였다.

갔습니다. 몰래 걸음을 옮기면서 그들의 목소리를 들었지요. 확실히 그들이 나누던 대화는 제가 예상치도 못했던 것이었습니다. 그들은 괴소문을 이야기하고 있었습니다. 조선 땅을, 그중에서도 충청 땅을 뒤흔들고 있다는 괴이한 소문이었지요. 논두렁이나 산자락 혹은 수풀 속에서 이따금 사람 머리가 발견된다는 괴소문이요.

어떤 이가 흥분하며 목소리를 높였습니다. 조선 땅에서 사람이 죽어나가는 것이 어제오늘 일이 아니라지만, 머리가 잘리는 건 천주학쟁이 같은 대역죄인뿐이라고, 어찌 사사로이 신체를 훼손할 수 있냐면서 반드시 흉수를 잡아야 한다고요. 그러자 또 다른 누군가가 이렇게 말했습니다. 죽은 이들이 하나같이 나쁜 놈이었다니 어쩌면 그 흉수는 의적 홍길동이나 임격정 같은 사람일지도 모른다고요. 저는 조금 더 듣고 싶다는 마음에 그들에게 다가가려고 했습니다. 그런데 누가 뒤에서 제 손목을 붙잡더군요. 저는 화들짝 놀랐습니다. 오라버니가 저를 잡으러 온 줄 알았거든요. 그런데 저를 붙잡은 이는 오라버니가 아니었습니다. 봉두난발에 지저분한 옷차림……. 귀신 같은 몰골을 한 젊은 여인이었습니다. 여인은 제 손목을 힘껏 붙잡으며 속삭였습니다. 너, 저 산꼭대기에 사는 아이지? 거기 있으면 안 돼. 거기 동굴에 사는 괴물이 사람을 잡아먹는다. 우악스러운 힘에 손목이 아팠고, 섬뜩한 목소리에는 가슴이 두방망이질을 쳤습니다. 눈물도 핑 돌았지요. 저는 흠칫 놀라 여인의 손을 힘껏 뿌리치고는 곧장 오라버니를 향해 달려갔습니다. 숨도 쉬지 않고 후다닥 달렸지요. 결국에는 그 달음박질 소리 때문에 다른 곳에 갔다는 걸 들켰지만요. 고개를 돌려 저를 보는 오라버니의 얼굴은…… 정말 좋지 않았습니다. 서둘러 아낙과의 대화를 끝낸 오라버니가 조급히 걸어오더니 제게 어딜 갔다 온 거냐고 물었습니다. 누군가와 이야기라도 나눈 건 아니냐고요. 저는 사람들이 하는 말을 들었을 뿐 누구에게도 말을 걸지 않았다고 답하였습니다. 오라버니가 더욱더 정색한 얼굴로 무엇을 들었냐고 묻더군요. 저는 괴소문을 들었다고 했습니다. 인적이 드문 곳에서 사람 머리가 발견된다는 괴소문을 들었다고요. 이런 소문이 퍼지는 걸 보니 역시 마을 밖은 위험한 것 같다고, 충청 땅을 돌면서 옹기를 파는 오라버니도 조심하라고요. 차라리 담뱃잎을 재배하지, 크고 무거운 옹기를 만드느라 이게 무슨 고생이냐며 너스레도 떨었답니다.

사실 저를 진짜 무섭게 만들었던 건 괴이한 여인이 들려준 말이었지만, 그 말은 오라버니에게 솔직히 고할 수가 없었습니다. 그건 괴소문보다 훨씬 더 두려운 말이었으니까요. 조금 전에도 말씀드렸다시피, 서당 개 3년이면 풍월을 읊는 법이니까요. 교우촌에서 태어나고 자란 아이는 박해의 무서움을 잘 알거든요. 그 여인은 산에 동굴이 있다는 걸 알고 있었습니다. 어쩌면 그것 외에도 아는 게 더 있을지도요. 가령 우리 마을 사람들이 천주를 믿는다는 것을요. 무엇보다 저는 오라버니에게 혼날까 봐 두려웠습니다. 제가 가르쳐 준 것도 아닌데, 그렇게 생각할 수도 있잖아요? 그래서 모르는 척하였습니다. 보여도 못 본 척하고, 들려도 못 들은 척한다고 해서 그게 없었던 일이 되는 건 아닌데 도 말입니다. 그때 저는 어렸기에, 그리하면 다 괜찮아 질 거라고 여겼지요.

　오라버니는 제가 무언가를 감추고 있다는 걸 눈치 챈 듯했습니다. 표정이 전혀 달라졌거든요. 뭐랄까요. 이제껏 한 번도 본 적이 없던 표정이 오라버니의 얼굴 위에 있었습니다. 그 표정이 어떤 표정인지, 무엇을 뜻 하는지를, 그때는 알 수 없었지만, 당시의 저는 본능적 으로 깨달았습니다. 정말 큰일이 났다는 걸요. 어떻게 든 지금의 상황에서 벗어나야 했기에 저는 꾀를 냈습 니다. 눈물을 흘리면서 빨리 집으로 돌아가고 싶다고 보챘지요. 울다 보니 진짜로 서럽더라고요. 괜히 마을 밖으로 나와서 야단만 맞는구나, 그런 생각도 들었고 요. 울음소리는 점점 더 커졌고, 결국에는 엉엉 울게 되었습니다. 그러자 오라버니도 안색을 바꿨습니다. 처음 보았던 무시무시한 표정도 아침 햇살을 만난 물안개처럼 흔적도 없이 사라졌지요. 사실 오라버니는 소리에 유달리 약하답니다. 누군가가 울거나 신음이라도 흘리면 곧장 고개를 돌리면서 반응하곤 하였지요. 그날도 오라버니는 제 눈물을 닦아주면서 저를 달랬습니다. 괜찮다고 하며 서둘러 저를 데리고 아랫마을에서 벗어났지요.

생각해보면 그때 여인이 해줬던 말 중에 제가 진실로 두려워했어야 하는 말은 따로 있었습니다. 거기 동굴에 사는 괴물이 사람을 잡아먹는다. 이 얼마나 섬뜩한 말입니까. 그때는 이 말의 무서움을 전혀 알지 못했습니다. 예, 그랬지요. 그때는 알지 못했습니다.

※

아시다시피 제가 사는 마을은 교우촌입니다. 박해

를 피해 조선을 떠돌던 교우들이 깊은 산골짜기에서 일궈낸 신앙의 텃밭이자 삶의 터전이지요. 조선 땅에 서학처럼 죽음이 가득한 믿음도 없을 겁니다. 마을 사람들이 들려주는 옛이야기를, 그 시절의 박해를 듣다 보면 그저 듣는 것만으로도 정신이 아득해질 정도니까요. 특히 평생을 동정으로 살 것을 서약했던 여인들이 겪어야 했던 고난은…… 생각만 해도 저를 두렵게 했습니다. 제 수호성인인 아가다도 동정을 지키려 했다는 이유로 치명하셨지요. 가슴이 도려지는 고문까지 당하셨고요. 그 엄청난 고통과 두려움을 대체 어떻게 이겨내셨던 걸까요. 강한 믿음으로? 아마도 그렇겠지요. 그래서 저는 초조했습니다. 교우촌에서 태어나고 자란 저는 그런 박해를 경험했던 적이, 증거자*였던 적이 없으니까요. 굳건한 믿음을 지키는 마을 사람들 사이에서 오직 저만이 자격이 없는 것 같았습니다.

• 가톨릭 박해가 있을 적에 신앙을 표명하거나 고백해 형벌을 받거나 추방당하는 등 핍박을 받은 사람.

그래서일 겁니다. 제가 그 일에 유달리 매달렸던 게요.

다시 저희 마을을 이야기해볼까요. 조선 팔도에 널리 퍼진 교우촌에는 공통점이 하나 있습니다. 사실상 버려진 땅에 있다는 것이지요. 어디는 불모지였고, 어디는 착호군도 소용없는 범이 나왔으며, 어디는 인적이 끊길 정도로 험준했습니다. 대다수의 교우촌은 다 이러했지요. 반면 저희 마을은 조금 달랐습니다. 사람이 하도 많아 세자빈의 모친마저 단칸살이를 한다는 한성부에서도 가끔 범이 내려와 사람을 물어 간다지요. 하지만 저희 마을은 사람이 전혀 오가지 않는 산꼭대기에 있는데도 그런 걱정을 할 필요가 없었습니다. 무더운 여름날 밤, 집 밖에 멍석을 깔고 둥구미를 베고 자도 범을 만날 일이 없거든요. 뭐랄까요. 범이 얼씬도 하지 않는달까요. 사람이 범을 두려워하는 게 아니라 범이 사람을 두려워하는 것처럼요.

마을 사람들이 이곳에 정착한 건 두 번째 박해'가 조선 땅을 휩쓸었을 때입니다. 포졸과 외교인의 추적을 피해 산에 오른 사람들이 이곳을 발견하였지요. 사실 이곳에는 이미 마을이 있었습니다. 비어 있기는 해도 살림살이가 온전했고, 집 상태도 깨끗했으며 심지어는 묵은쌀도 남아 있었다고 하더라고요. 그때 사람들은 외교인인 주민들이 곧 돌아올 테니 서둘러 다른 곳으로 가야 한다고 생각했습니다. 그런데 마을을 떠나다가 습격을 받았습니다. 포졸들과 외교인들이 오랜 추적 끝에 습격한 겁니다. 사실 그들은 마을 사람들이 외진 곳으로 가기만을 전부터 기다리고 있었답니다.

마을 사람들은…… 그때 무슨 일이 있었던 건지 어린 저에게는 자세히 말해주지 않았습니다. 하지만 저도 가늠할 수 있었지요. 말씀드렸다시피 서당 개 3년이면 풍월을 읊을 수 있으니까요. 또 제 본명이 아가다가 아닙니까. 혼인을 거부해 치명한 아가다. 제 수호성인이 생전에 겪었던 고난을 알기에 저는 마을 사람들

• 기해박해(헌종 5년, 1839년).

이 겪었을 고난도 가늠할 수 있었습니다.

제가 알고 있는 건, 사람들이 능욕을 피해 동굴로 도망을 쳤고 그곳에서 큰 환난을 겪었다는 겁니다. 마을 사람들을 잡으려고 동굴까지 따라왔던 포졸들과 외교인들은 그때 모두 목숨을 잃었습니다. 제 아버지도 마을 사람들을 지키기 위해 죽음을 불사하셨고요. 저희가 살아남은 건 다 아버지 덕분이라고 하더라고요. 그 희생이 없었더라면, 이렇게 많은 사람이 살아남지는 못했을 거라고요.

그 일을 겪은 뒤로 어머니는 이 산에 대해 알아보았고, 지역 사람들이 이곳을 두려워한다는 걸 알게 되었습니다. 본래는 산속에 무녀촌이 있었다고 하더라고요. 무녀들이 삿된 것을 이곳에 봉인해 아주 오랫동안 지켜왔다고요. 포졸들과 외교인들이 이 마을을 습격했던 건 그들이 다른 지역 사람들이기 때문이었습니다. 이곳을 잘 몰랐기에 두려워하지 않았던 거죠. 그래서 마을 사람들은 이곳에 자리를 잡기로 했습니다. 환난에 대한 고통스러운 기억보다 바깥세상을 향한 두려움이 훨씬 더 컸으니까요. 게다가 아버지가 돌아가시면서 더는 무리에 사내가 없었습니다. 남인이라고는 수염도 나지 않은 제 어린 오라버니뿐이었지요. 마을 사람들 대다수가 정결 서원을 한 동정녀였거든요. 어린아이와 회임한 아낙 그리고 혼인도 하지 않은 여인들이 대체 어디로 갈 수 있단 말입니까. 그 뒤로 마을 사람들은 산을 개간해 농사를 짓고 살았습니다. 나뭇잎을 뜯거나 열매를 따기도 했고, 뿌리를 캐거나 나무껍질을 벗기기도 했지요. 아사는 면했지만, 매일 배를 곯았습니다. 그런데 마을의 유일한 남아였던 오라버니가 열다섯 살이 되면서 상황이 바뀌었습니다. 오라버니는 옹기를 굽자고 했습니다. 천주께서 좋은 흙과 나무를 주셨으니 그걸로 옹기를 만들자고, 크고 튼튼한 옹기만 만들어준다면, 자기가 그걸 메고 하산해 팔아 오겠다고요.

장사라. 여인이 홀로 길을 떠나면 어찌되는지를 박

해 때 지긋지긋하게 겪었던 마을 사람들로서는 감히 엄두도 내지 못하던 방법이었습니다. 마을 사람들은 고민 끝에 오라버니의 말을 따르기로 했습니다. 건장한 남인이라면 멀리까지 나가 장사를 하더라도 위험에 빠질 일이 없을 테니까요.

그런데 그거 아시나요. 남인이라고 해서 늘 안전한 건 아니랍니다. 게다가 조선은 존비귀천이 있는 곳이 아닙니까. 아직 이곳은 천주의 나라가 아니니까요. 사족 한 명 잘못 만났다가는 목숨을 빼앗길 수도 있지요. 뭐, 그것 외에 다른 위험도 있을 겁니다. 산길을 가다가 범을 만날 수도 있고, 인적이 드문 곳에서 사람 머리를 자르는 흉수를 만날 수도 있으며 납치를 당해 인신매매 시장에서 팔릴 수도 있겠지요.

어찌되었든 지금 와서 생각해보면, 옹기를 구워서 팔자는 오라버니의 제안은 정말로 탁월하였습니다. 그 일은 오라버니가 잘할 수 있는 일이자, 꼭 해야 할 필요가 있는 일이었거든요. 그 뒤로 마을 사람들은 더는 굶주리지도, 근심에 시달리지도 않게 되었습니다.

예, 마을은 평화로워졌습니다. 8년 전 그날 밤까지는요.

그날 밤에는 오라버니도 마을에 없었습니다. 충청 땅만 돌아도 충분히 옹기를 팔 터인데 굳이 전라 땅이나 경상 땅, 경기 땅까지 갔거든요. 일부러 멀리까지 가는 듯하였지요. 지금쯤이면 돌아왔어야 하는데, 늦으면 안 되는데, 안 되는데……. 어머니는 이렇게 중얼거리면서 오라버니를 걱정하셨습니다. 오라버니를 위해 홀로 매괴신공도 드리셨지요. 밤새 매괴 알을 굴리던 어머니가 꾸벅꾸벅 졸다가 요 위로 쓰러지듯 잠드셨을 때, 저는 그 소리를 듣고 잠에서 깨어났습니다. 어머니에게 이불을 덮어드린 뒤 지게문 앞에 앉아 귀를 기울였지요. 오라버니의 발걸음 소리가 들리기를 기대했거든요. 하지만 오라는 오라버니는 안 오고, 비만 오더라고요. 하늘이 우르릉 소리를 내면서 몸을 흔들더니 쏴아아 소리를 내며 비를 퍼부었습니다. 하늘에 구멍이라도 난 듯했지요. 후드득 떨어진 빗물은 짚으로 엮은 이엉과 풀잎을 두드렸고, 마른 땅을 질퍽하게 적셨습니다. 그런데 요란한 빗발과 함께…… 비명이 들렸습니다. 사람의 목소리 같으면서도 묘하게 다른, 선명하면서도 아득한 비명이었습니다.

✳

소리는 깊은 밤에만 들렸습니다. 절규하는 사람 소리 같기도 했고, 자기 자신을 지키고자 괴이하게 울부짖는 고라니 소리 같기도 했습니다. 또 틀어막힌 입에서 새어 나오는 비명 같기도 했고, 시작점이 모호한 산울림 같기도 했지요. 처음에는 잘못 들은 줄 알았는데, 며칠 내내 들리는 걸 보니 환청이 아닌 게 분명했습니다. 잠도 잘 수 없을 정도로 신경을 거스르는 소리였지요. 그런데 마을 사람들은 그런 소리를 못 들었다고 했습니다. 두 눈이 뻘겋고 눈 밑이 퀭한데도 제 시선을 회피하며 말을 얼버무리더라고요.

그거 아십니까? 이런 반응이 사람을 더 궁금하게 만든답니다. 치기 어린 호기심이라고 할 수도 있겠지요. 원래 알려주지 않았을 때 더 알고 싶은 법이고, 못 하게 했을 때 더 하고 싶은 법이니까요.

천지의 빛이 저 너머로 떠나면서 은은한 달빛만을 남겨두었을 때, 저는 집을 나섰습니다. 소리를 찾고자 산꼭대기로 향하였지요. 소리가 전해지는 곳으로요. 시간이 지날수록 비명에도 변화가 있었습니다. 매일 더 커졌고, 더 빈번해졌지요. 덕분에 저는 띄엄띄엄 이어지는 비명을 끈처럼 붙잡으면서 소리가 시작되는 곳을 찾아낼 수 있었습니다. 그곳은 동굴이었습니다. 산마루에 있는 동굴이요. 어린아이도 허리를 굽혀야만 들어갈 수 있을 정도로 낮고도 좁은 입구를 가진 바위 동굴이었지요. 수풀로 가려진 입구를 보는 순간, 저는 제 아버지가 목숨을 잃은 동굴이 이곳일지도 모른다고 생각했습니다. 이제껏 이야기로만 들었던, 누구도 저에게 위치를 알려주지 않았던 동굴이 여길지도 모른다고요.

저는 기어서 동굴 안으로 들어갔고, 그 안에서 한 줄기 빛을 보았습니다. 고개를 들어 위를 보자 달빛을 머금은 구멍이 보이더군요. 동굴 위가 뚫려 있던 게지요. 저는 몸을 일으킨 뒤 어슴푸레한 달빛에 의지해 동굴 내부를 둘러보았고, 손을 뻗어 동굴 표면을 만져보았습니다. 동굴을 한 바퀴 돌며 찬찬히 살펴보고 있는데, 손가락 끝에 무언가가 닿았습니다. 힘을 조금 주자 툭 하고 아래로 떨어지더군요. 저는 손가락 끝에 닿은 동굴 벽이 조금 전과 완전히 다르다는 걸 알아챘습니다. 돌가루라기에는 지나치게 부드러운 무언가였거든요. 고개를 돌려 자세히 보자 돌과 흙으로 만든 벽이 보였습니다. 자연이 만든 벽이 아니라 사람의 손으로 빚어낸 벽이었습니다. 누군가 벽을 세워 동굴 일부를 막아둔 겁니다. 조금 전 돌 하나가 떨어지면서, 딱 고만한 크기의 구멍까지 생겼더라고요.

그때 저는 확신하였습니다. 이 동굴이 제가 듣던 그 동굴이라는 걸요. 환난이 지나간 뒤, 마을 사람들은 아버지의 시신을 따로 매장하지 않았습니다. 그럴 상황이 아니었다고 하더라고요. 대신 마을 사람들은 아버지의 시신을 동굴 안에 안치하였습니다. 동굴 자체가 아버지의 무덤이 된 게지요. 그렇다면 아버지의 시신은 저기 건너편에 있는 걸까요?

그때였습니다. 다시 소리가 들렸습니다. 미약하면서도 분명한 소리가요. 그것은 병든 이의 통증 같기도 했고, 굶주린 이의 허기짐 같기도 했습니다. 소리는 조금 전에 생긴 구멍에서 새어 나오고 있었습니다. 저는 두려움에 잠시 주저하였지만, 곧 구멍에 얼굴을 들이댔습니다. 작은 구멍으로 그 너머를 보고자 하였지요.

건너편은 가물가물하게 보였습니다. 칠흑 같은 어둠 대신 은은한 달빛이 고인 것을 보니 저쪽 동굴 위에도 구멍이 있는 게 분명했습니다. 그리고 그 아래에는, 빛줄기를 한 몸에 맞고 있는 누군가가 있었습니다. 고개를 들어 위를 보면서 두 손을 멀리 뻗고 있는 누군가 가요. 두 손은 빛을 움켜쥐려는 것 같기도 했고, 보이지 않는 무언가를 잡으려는 것 같기도 했습니다. 이목구비가 보일 정도로 밝은 빛은 아니었지만, 저는 그림자만으로도 동굴 안에 있는 이가 외부인이라는 걸 알수 있었습니다. 무덤에 있는 아버지 시신이 벌떡 일어난 게 아니고서야 남인이 동굴 안에 있을 리가 만무하니까요. 누군가 교우촌 동굴 안에서 몰래 은신하고 있는 게 틀림없었습니다. 마을 사람들을 잡으러 온 사람일까? 사람들에게 어서 알려야 해. 저는 이렇게 생각하면서 숨을 흡 들이켰고, 한 보 뒷걸음질했습니다. 그런데 그 작은 숨소리가 동굴 안에서 이리저리 맴돌더니 큰 소리가 되어 울리더라고요.

그 뒤에 무슨 일이 벌어졌는지 아십니까? 그자가 제게 다가왔습니다. 달음박질하는 소리가 순식간에 가까워지더니 돌과 흙으로 쌓은 벽이 흔들렸습니다. 끄아아아아악. 쿵쿵쿵. 끄아아아아아아아악. 쿵쿵. 건너편에 있는 이가 날카로운 괴성을 지르면서 주먹으로 벽을 쳤거든요. 그 힘에 벽을 이루었던 돌들이 하나둘씩 떨어지고, 흙먼지가 날렸습니다. *끄아아아아. 쿵쿵. 캬아아아악. 쿵쿵쿵.* 그런데 그자의 소름 끼치는 외침이 묘하게 귀에 익더라고요. 그 소리는 며칠 전부터 저를 괴롭히던 비명이었습니다. 산울림 없이 날것 그대로 전해졌기에 바로 알아듣지 못했던 것이지요.

그런데 아무리 들어도, 저 소리는 사람의 입에서 나올 만한 소리가 아니었습니다. 사람이 낼 수 있는 소리가 아니었지요. 그때 누군가가 저를 뒤에서 껴안더니 제 입을 빈틈없이 틀어막았습니다. 그러고는 쉿 하고 귓가에 속삭였지요. 저는 잠시 버둥거렸지만, 곧 얌전해졌습니다. 제 입을 막은 이가 누구인지 냄새로 알아차렸거든요. 바로 제 어머니였습니다.

어머니는 아무 말씀도 해주지 않으셨습니다. 마을로 돌아올 때까지 침묵을 지키셨지요. 그 한 걸음 한 걸음이 제게는 살얼음판 위를 걷는 듯하였습니다. 방에 들어선 어머니는 방문을 꼭 닫으며 제 어깨를 붙잡더니 무쇠처럼 단단한 목소리로 말씀하셨습니다. 절대 그곳에 가서는 안 된다, 다시는 그곳에 가지 않겠다고 맹세해. 붙잡힌 어깨는 아팠고, 어머니의 다그침은 무서웠습니다. 물어보고 싶은 것이 많았지만, 어쩔 수 없이 고개를 끄덕였지요. 그러자 어머니가 한숨을 내쉬더니 모든 의심을 내려놓고 천주께 의탁해야만 진리를 구할 수 있다고 하셨습니다. 저는 요 위에 드러누워 이불을 푹 뒤집어썼습니다. 저는 진리에는 관심이 없었습니다. 괴이한 비명의 정체와 동굴에 숨겨진 진실을 알고 싶었지요. 진리를 천주에게서 구한다면, 진실은 누구에게서 구해야 하는 걸까요?

확실한 건 어머니에게서 구할 수는 없다는 거였습니다. 어머니는 동굴에 누군가 있다는 걸 알고 계셨습니다. 사람 소리만 내지 않으면 더는 반응하지 않는다는 것도요. 그래서 제 입을 틀어막았던 겁니다. 그런데 이제껏 단 한 번도 제게 그런 말을 해주신 적이 없었지요. 마을 사람들도 마찬가지였습니다. 분명 다 같이 비명을 들었는데, 그래서 다들 잠을 설친 건데, 그런데도 소리를 듣지 못했다면서 저를 속이려고 했습니다. 제게만 진실을 알려주지 않았습니다.

대체 왜? 왜 저를 속였을까요?

박해를 겪지 않은 아이, 깊은 신앙을 증명한 적이 없는 아이, 쉬이 유혹에 흔들릴 수 있는 아이, 걸핏하면 마을 밖으로 나가고 싶어 하는 아이, 부모의 참된 신앙을 물려받지 못한 아이…… 누구도 소리 내어 뱉은 적 없지만, 눈빛으로 전하던 말들이 머릿속에서 떠올랐습니다. 아무리 생각해도 이유는 그것밖에 없었지요. 마을 사람들이 저를 믿지 않는다고 생각하니 갑자기 화가 치밀어 오르더라고요. 호기심뿐이었던 마음에 굳건한 오기가 더해졌습니다. 어떻게든 진실을 알아내야 한다는 생각이 확고해졌지요.

저는 흘린 눈물을 소매로 닦은 뒤 기척을 살폈습니다. 어머니는 제 옆에 앉아 꼼짝도 하지 않으셨습니다. 매괴신공을 드리시는 건지 나무로 된 매괴 알이 서로 부딪치는 소리가 났지요. 그러나 제 옆에 앉아 저를 감시할 수는 있어도, 제 머릿속마저 들여다볼 수는 없었습니다. 이제껏 있었던 일들을 하나씩 꺼내면서 크고 작은 의문들을 모아본 저는 드디어 옛 기억을 떠올렸습니다. 산 아래에 있는 마을에서 만났던, 정신이 온전치 못했던 여인이 했던 말을 기억해낸 게지요. 거기 동굴에 사는 괴물이 사람을 잡아먹는다. 동굴에 사는 괴물이라. 동굴 안 그자는 사람의 형상을 지니고 있었지만, 아무리 생각해도 사람이 아니었습니다. 제 본능도 같은 말을 하였지요. 저건 사람이 아닌 다른 무언가라고. 정신 나간 여인의 헛소리라고 치부했던 말이 실은 진실의 편린이었던 겁니다. 저는 진실을 구하기 위해 그녀를 찾아가기로 했습니다.

푹 뒤집어썼던 이불을 슬그머니 내린 뒤 천천히 고개를 돌리면서 눈을 떴습니다. 옆에 앉은 어머니가 꾸벅꾸벅 졸고 계신 게 보이더라고요. 어머니는 일단 잠들면 잘 깨어나지 않으셨지요. 그러니 지금이 기회였습니다.

햇귀가 동쪽에서 어둠을 집어삼켰을 때, 저는 집에서 몰래 나왔습니다. 능선을 타고 내려가며 아랫마을로 향했지요. 멀리 뒤쪽에서, 산 위쪽에서 마지막 비명이 터져 나왔습니다. 이쪽 봉우리에서 저쪽 봉우리로 옮겨가면서 산을 흔들었지요. 아침 햇빛을 맞으며 날갯짓하던 새들도 그 소리를 듣고 놀라 방향을 바꾸었습니다. 도망치듯 빠르게 다른 곳으로 날아갔지요. 전에는 비명이 사경(四更)에만 들렸는데, 오경(五更)이 지나서까지 이어진 겁니다. 이대로 두었다가는 종일 비명을 들어야 할지도 몰랐지요. 저 끔찍한 소리를 매일 듣는다고 생각하자 온몸에 소름이 다 돋았습니다.

아랫마을에 도착했을 때는 이미 햇발이 천지를 방방곡곡 비추고 있었습니다. 아침밥을 먹은 아이들이 마을 어귀에 모여 놀고 있었지요. 저는 혹시나 하는 마음에 산발로 돌아다니는 여인을 아냐고 물었습니다. 놀랍게도 아이들은 모두 그녀를 알고 있었습니다. 그것도 아주 자세히요. 어른들이 이러쿵저러쿵했던 말들이 그대로 아이들의 말이 되었으니까요.

알고 보니 그녀는 이 마을 무녀의 딸이었습니다. 제가 사는 교우촌이 본래는 무녀촌이었다고, 조금 전에 말씀을 드렸었지요? 무녀들이 삿된 무언가를 봉인해 오래도록 지켜왔다고요. 그것은 전설과도 같은 이야기였지만, 여전히 이어지는 풍습이기도 했습니다. 마을의 무녀는 그 봉인을 지키던 마지막 무녀였습니다. 더는 무녀촌에 다른 무녀가 없었기에 딸과 함께 하산해 아랫마을에서 살았지만, 종종 자기 딸을 데리고 산에 올랐다고 하더라고요. 한번 올라가면 달포는 내려오지 않았고요. 그런데 10여 년 전에, 그러니까 무녀촌이 교우촌이 되기 전에요. 산에 두 명이 올라갔는데, 한 명만 마을로 돌아왔다고 합니다. 무녀의 어린 딸만이 머리카락을 풀어 헤친 채 소리를 지르면서 도망치듯 내려온 게지요. 소녀는 겁에 질려 있었고, 자기 어미가 괴물에게 잡아먹혔다고, 그러니 산에는 절대로 가면 안 된다면서 사람들을 붙잡고 외쳤습니다. 무녀에게 신세를 진 적이 있던 마을 할멈이 홀로 산 위로 올라가 무녀를 찾아보았지만, 무녀촌에는 아무도 없었다고 합니다. 흔적도 찾을 수 없었다고요. 할멈은 홀로 남은 소녀를 가련히 여겼고, 자기 집에 거두어 키워주었습니다. 하지만 모두로부터 소녀를 지켜줄 수는 없었습니다. 어미인 무녀도 매번 딸을 지켜주지는 못했던 것을요. 자식 없는 과부 할머니라고 해서 다를 것은 없었지요.

아이들이 전해주는 말에서, 혐오와 멸시가 가득한 말에서 저는 느낄 수 있었습니다. 모두에게 천대받던 무녀의 딸이 얼마나 많은 이에게 시달렸을지를요. 몇 번이나 말씀드렸지만, 서당 개 3년이면 풍월을 읊는 법이거든요. 그녀의 삶은 저희 교우촌 사람들이 살아왔던 삶과 크게 다르지 않았답니다. 그래서일까요. 할멈의 집으로 찾아간 저는 싸리문을 지나는 남인을 보자 분노가 치밀었습니다. 할멈이 밭을 매러 나간 사이에 아예 집까지 찾아온 겁니다. 남인은 백년손님이라도 된 것처럼 아무렇지도 않게 방문을 열더니 성큼 안으로 들어서더군요. 이웃한 초가집 마루 위에 앉아 짚을 꼬고 있던 부부가 그 모습을 보더니 질색하며 이맛살을 찌푸렸습니다. 하지만 혀만 쯧쯧 찰 뿐 그 남인을 막지는 않았지요. 예, 그랬습니다. 나서서 막지는 않았습니다. 마을 사람들에게 옛일을 들을 때마다 제가 가장 이해할 수 없었던 건 이거였습니다. 박해의 폭풍이 조선을 집어삼켰을 때, 교우들은 제대로 된 재판도 받지 못했습니다. 사제님처럼 대단하신 분들은 형장에서 목숨을 잃었고, 가진 것이나 배운 게 많았던 교우들도 장살이나 참수를 당하였습니다. 그러나 저희 같은 평범한 교우들은 마을 안이나 길 위에서 변을 당하였지요. 교우들이 포졸이나 외교인에게 재산을 빼앗기고 능욕을 당하거나 목숨을 잃었을 때, 이웃들은 대체 무엇을 하고 있었을까요. 삼절린(三切隣)*은요? 그들은 그 모습을 보고 한탄하였을까요? 아니면 이때다 싶어 자기 탐욕을 채웠을까요.

보고도 못 본 체하는 부부를 보자, 피해자인 여인을 두고 이러쿵저러쿵하던 소문들을 떠올리자, 저는 너무나 화가 났습니다. 싸리문을 지나 마당을 가로질러서는 닫혀 있는 방문을 향해 힘껏 소리를 질렀지요. 동굴 안의 존재처럼 날카로운 비명을 질러댔습니다. 그 소리에 깜짝 놀란 남인이 방문을 열고 후다닥 뛰어나왔습니다. 그러고는 바지를 추어올리며 저를 보았지요. 곧이어 남인의 얼굴이 붉으락푸르락하였습니다.

* 조선 시대 때 일족과 함께, 도망친 노비나 양역(良役) 회피자, 범죄자 등에 대한 고발의 의무를 지녔던 세 이웃을 뜻하는 말.

소리를 지른 이가 여인도 아닌 여아라는 걸 깨닫고는 화가 났던 게지요. 남인은 욕지거리를 내뱉더니 제게 주먹질하려고 했고, 짚을 꼬고 있던 사내가 어느새 달려와 남인을 막았습니다. 몇 해 전 옹기꾼과 함께 마을을 찾아왔던 아이라고, 이목구비마저 똑같으니 동생이 분명하다고, 괜히 그놈의 화를 사서 좋을 게 없다면서 남인을 만류했습니다. 그 말을 들은 남인이 침을 퉤 뱉더니 언젠가 날을 잡아 그 오만방자한 놈을 손봐줄 거라고 하더군요. 그러고는 저를 아래위로 훑어보았습니다. 모고해*는 큰 죄이니 솔직하게 모든 걸 털어놔야겠지요. 이때 저는 저를 훑어보는 남인의 눈을 뽑아버리고 싶었습니다. 아주 불쾌한 눈빛이었거든요. 저를 먹잇감으로 보는 듯한 눈빛이었습니다. 이럴 줄 알았으면 제일 먼저 아궁이로 달려가 칼이라도 찾아볼걸 그랬습니다. 칼이라도 들고 있었다면, 감히 저

• 고해성사를 할 때 자기 죄를 일부러 감추거나 축소해서 고백하는 것.

런 눈빛으로 저를 보지는 못했겠지요.

두 남인이 떠난 뒤, 저는 조심스레 방 안을 들여다보았습니다. 옷도 제대로 입지 못한 여인이 반닫이 옆에 몸을 숨긴 채 저를 훔쳐보고 있었습니다. 매우 놀란 듯한 모습이었지요. 저는 여인의 경계심을 풀어주고자 웃는 낯으로 입을 열었습니다. 그런데 제가 미처 말을 뱉기도 전에 여인이 두 손으로 자기 귀를 막더라고요. 잔뜩 겁에 질린 눈빛이었습니다. 저는 결국 입을 다물었고, 여인이 제 목소리를 듣고자 할 때까지 차분히 기다렸습니다. 그렇게 반 시진 정도 기다렸던가요. 여인이 귀를 막은 손을 거두더니 찬찬히 저를 살펴보았습니다. 그러고는 제게 다가와 제 손목을 덥석 잡으면서 이렇게 말하였지요.

"너, 너도 그 소리를 들었구나? 그것의 비명을?"

예전에 어머니가 그런 말씀을 해주신 적이 있습니다.

천주의 뜻을 거스른 천사가 하늘에서 추락해 지옥으로 갔고, 사탄이라고 불리게 되었다고요. 사탄은 더 많은 이를 아래로 이끌기 위해 사람의 마음에 악의 씨앗을 심었고, 그 씨앗을 키운 사람들이 칠죄종(七罪宗)*을 저지를 때마다 큰 힘을 얻었으며 그렇게 얻은 힘이 선을 집어삼킬 수 있을 정도로 강해지면, 칠죄종을 저지르지 않은 사람의 몸과 마음도 지배했다고요.

솔직히 말씀드려서 여인의 말에는 두서가 없었습니다. 가끔은 모순되기도 하였지요. 어린 제가 듣기에도 말이 안 되는 게 많았습니다. 그러나 저는 여인의 말을 믿었습니다. 그녀가 느꼈던 두려움만큼은, 제게도 전해지는 그 감정은 분명 진짜였으니까요. 또한 예수

• '교만, 인색, 시기(질투), 분노, 음욕, 탐욕(탐식), 나태'로 그 자체가 죄임과 동시에 인간이 자신의 뜻에 따라 범하는 모든 죄의 근원.

께서도 이렇게 말씀하시지 않았습니까. 보지 않고도
믿는 이는 행복하다고요.[**]

　무녀는 천주를 몰랐지만, 선한 이였습니다. 다른 사
람을 도울 정도로 인정도 많았고, 자기 딸을 매우 사
랑했지요. 또한 동굴 안 존재의 무서움을 아주 잘 알
았습니다. 무녀는 자기 딸에게 매번 신신당부했다고
합니다. 동굴에 사는 괴물은 사람을 잡아먹으니 절대
안으로 들어가서도, 아래로 내려가서도 안 된다고요.
그랬던 무녀가 자기 딸에게 함께 구멍 아래로 내려가
자고 했다는군요. 이곳은 너에게 안전하지 않으니 함
께 저세상으로 가자고, 괴물에게 먹히자고요.

　무녀는 사탄에 들렸던 겁니다. 사탄에게 들렸기에
자기 딸을 죽이려고 한 거고 자기도 죽었던 게지요. 그
런데 탁덕(鐸德, 신부), 칠죄종을 저지른 것은 다른 이
들인데 왜 사탄에 들리는 건 선한 이들일까요. 아랫마

　**그러자 예수님께서 토마스에게 말씀하셨다. "너는 나를 보고서야 믿느냐?
보지 않고도 믿는 사람은 행복하다." 〈요한복음〉, 20장 29절.

을 사람들이 칠죄종만 저지르지 않았어도, 무녀는 사탄에 들리지 않았겠지요? 자기 딸을 죽이려고 하지는 않았겠지요? 자기 삶마저 던져버리지는 않았겠지요?

다시 산에 올랐습니다. 송골송골 맺히는 땀을 손등으로 닦으며 부단히 발을 놀렸지요. 서둘러 마을로 돌아가야 했습니다. 무녀의 딸이 말해준 진실은 그녀의 과거였을 뿐, 제가 찾던 진실이 아니었습니다. 그 조각으로는 동굴 안 존재의 정체를 알 수 없었지요. 대신 그녀의 사연은 저에게 아주 중요한 것을 일깨워주었습니다. 진실 찾기보다 훨씬 더 중요한 것을요. 그건 바로 마을을 지켜야 한다는 거였습니다. 동굴 안에 있는 이가 사탄이든 괴물이든 또 다른 것이든, 반드시 없어져야만 했습니다. 중요한 건 오직 그것뿐이었지요. 그렇게 위험한 걸 마을 주변에 둔다면, 마을 사람이 해를 당할 수도 있잖아요? 뭐랄까요. 그때 저는 제 사명을 깨달은 겁니다. 교우촌을 지키는 것, 그것이 저의 사명이자 제 십자가라는 걸 깨달은 게지요. 탁덕, 저는 제가 짊어진 십자가를 아직 내려놓지 않았습니다. 아마 죽을 때까지 내려놓을 수 없겠지요.

　마을에 도착한 저는 옹기를 굽는 가마가 있는 곳으로 갔습니다. 그곳에는 항상 땔감이 쌓여 있거든요. 가마에서 일하던 사람들이 저를 보더니 어서 집으로 돌아가라고, 어머니가 찾고 있다고 했습니다. 그러나 저는 들은 척도 하지 않았습니다. 망태기 가득 땔감을 넣어 횃불까지 쥐고는 곧장 산마루로 향했지요. 동굴에 구멍이 뚫려 있다는 건, 산마루 바위에 오르면 동굴을 내려다볼 수 있다는 거니까요. 산마루 바위가 어쩌다가 속이 파인 동굴이 된 건지는 모르겠지만, 이 또한 천주께서 예비해주셨다는 생각을 했습니다. 그 구멍을 이용한다면, 돌과 흙으로 만든 벽을 부수지 않더라도 그것을 없앨 수 있을 테니까요.

　산꼭대기에 오른 저는 바위를 샅샅이 훑으면서 발을 디딜 수 있는 틈을 찾았습니다. 그런데 바위 뒤쪽에 사닥다리가 하나 있더라고요. 산마루 바위 꼭대기에 닿을 정도로 기다란 사닥다리가요. 참으로 이상한 일이었습니다. 어째서 그런 곳에 사닥다리가 있었을까요. 하지만 그때는 그런 걸 생각할 여력이 없었습니다. 당장 위로 올라가 그것을 없애야 한다고 생각했지요. 산마루에 오른 저는 커다란 구멍들을 살펴보았고, 그중 하나에서 그자를 찾았습니다. 구멍 바로 아래에서 몸을 웅크린 채 잠을 자고 있더라고요. 평범한 사람처럼요. 그러나 핏기를 찾을 수 없는 새하얀 피부에는 검은 핏줄이 가득하였고, 해진 옷은 검붉게 물들어 있었습니다. 사람이 아닌 게 분명했습니다. 저는 구멍 옆에 망태기를 내려놓은 뒤 땔감을 꺼내 횃불로 불을 붙였습니다. 그러고는 불붙인 나무를 하나씩 던졌지요. 태워 죽일 생각이었거든요. 사실 그렇게 한다고 해서 죽일 수 있는 건 아니었는데, 그때는 아는 게 없었답니다.

그는 불비를 맞으면서도 깨어나지 않았습니다. 뜨거운 열기도 느끼지 못하는 듯하였지요. 원래의 목적을 잃은 화염은 대신 다른 걸 하였습니다. 볕이 들지 않는 곳까지 데굴데굴 굴러가 어둠을 몰아낸 게지요. 그래서 저는 동굴 안에 있는 다른 것을 보게 되었습니다. 안에 인골이 있더라고요. 수북하게 쌓인 뼈가 산을 이루고 있었습니다. 심지어 아직 썩지 않은 뼈도 있었지요. 살점이 붙어 있는, 진득한 피로 뒤덮인 뼈가요. 최근에 누군가를 잡아먹은 겁니다.

저는 두 눈을 휘둥그레 뜨며 구멍 안쪽으로 고개를 숙였습니다.

대체 누구를 잡아먹은 거지? 마을에는 없어진 사람이 없는데? 그러다가 저는 오라버니를 떠올렸습니다. 올 때가 한참이나 지났는데도 마을로 돌아오지 않은 오라버니를요. 오라버니가 먹혔다니. 오라버니, 오라버니가? 말문이 막히면서 생각이 뚝 끊어졌습니다. 머릿속이 백지장처럼 하얗게 물들고, 입에서는 울음이 터져 나왔지요. 제 울음소리를 들은 그것이 득달같이 깨어나서는 고개를 들어 저를 노려보았습니다. 맹수처럼 으르렁거리면서 두 팔을 뻗더니 저를 붙잡으려고 하였지요. 괴성이 빗발치듯 이어지면서 귀가 먹먹해지고, 정신이 아득해지면서 온몸에 힘이 빠졌습니다. 몸이 기우뚱하더니 그대로 앞으로 고꾸라졌지요. 그때였습니다. 바로 뒤에서 쨍그랑하는 소리가 들리더니 구멍 아래로 떨어지던 몸이 그대로 멈췄습니다. 허리와 배에서는 통증이 느껴졌고요. 누군가 구멍으로 떨어지던 저를 빠르게 붙잡아 힘껏 끌어 올린 겁니다. 헐떡이는 숨과 함께 아가다, 아가다 하는 애처로운 목소리가 들렸습니다. 그건 오라버니의 목소리였습니다.

탁덕, 그날 저는 진실로 다시 태어났습니다. 죽다가 살아나서 그런 게 아닙니다. 그날 모든 진실을 알게 되었거든요. 그날 오라버니는 산마루에 혼자 오르지 않았습니다. 커다란 옹기를 지게에 얹고 왔지요. 그런데 구멍에 빠진 저를 구하느라 옹기를 바로 옆에 떨어뜨리고 말았습니다. 옹기는 산산조각이 났고, 이제껏 감춰온 가장 큰 비밀이 드러났습니다.

옹기는 비어 있지 않았습니다. 그 안에는 머리 없는

시신이 들어 있었습니다.

생각해보면 진실의 조각들은 멀지 않은 곳에 있었습니다. 동굴 안에 있는 뼈가 오라버니의 것이 아니라면, 그 뼈는 누구의 뼈였을까요. 산처럼 쌓인 뼈들은 본래 누구의 몸이었죠? 이곳은 외부인이 드나들지 않는 교우촌인데, 대체 누가 산마루까지 올라 구멍 안으로 시신을 넣어줄 수 있었을까요. 또…… 왜 하필 옹기였을까요. 흙을 빚고 장작을 패서 구워야 하는 옹기보다는 담배를 재배하는 것이 훨씬 더 수월하고 돈도 많이 벌었을 터인데. 어째서 오라버니는 옹기를 팔러 멀리까지 나가면서도 넝쿨무늬에 십자가를 숨겨둔 옹기만큼은 팔지 않고 도로 가지고 왔을까요. 저를 데리고 아랫마을로 내려갔을 때, 어째서 오라버니는 제가 다른 이들과 대화를 나눌까 봐 경계했을까요. 오라버니는 제가 무언가를 말할까 봐 걱정했던 게 아니었습니다. 무언가를 듣는 것을 걱정했던 게지요. 가령 논두렁이나 산자락 혹은 수풀 속에서 이따금 사람 머리가 발견된다는 괴소문을요.

※

그날 오라버니는 저에게 모든 걸 알려주었습니다. 옹기 안에 든 시신을 보았으니 더는 오라버니도 저를 속일 수 없었지요. 제가 탁덕에게 열 살 때 있었던 일부터 고하였듯 오라버니도 예전에 있었던 일부터 차근차근 저에게 들려주었습니다. 동굴에서 겪었던 환난이 무엇이었는지를, 포졸들과 외교인들이 동굴 안 존재에게 어떻게 죽임을 당했는지를, 아버지가 마을 사람들을 지키기 위해 동굴 안 존재를 어떻게 죽였는지를, 그것에게 물린 아버지가 어떻게 숨을 거뒀는지도요. 성체 성혈의 은총을 간절히 바라던 아버지가 피와 살을 탐하는 맹수가 되어 되살아났을 때, 천국도 연옥도 갈 수 없는 존재가 되어버린 아버지를 보고 어머니와 오라버니가 얼마나 고통스러워했는지, 눈물을 흘리면서도 어떻게 아버지를 동굴 안에 가뒀는지, 굶주림에 비명을 지르는 아버지의 목소리가 얼마나 사람들을 두렵게 만들었는지도 남김없이 말해주었답니다.

아버지를 향한 사람들의 마음은 두려움만 있는 게 아니었습니다. 죄책감과 고마움도 함께 있었지요. 그래서 사람들은 매일 아버지를 위해 매괴신공을 드리고, 옹기를 구웠답니다. 옹기로 사람들의 눈을 속였지요. 교우들이 십자가를 은밀히 새긴 옹기 안에 매괴와 십자고상 그리고 치명한 교우들의 머리카락이나 뼈를 숨기고 다녔던 것처럼, 마을 사람들도 옹기 안에 다른 걸 넣어서 사람들의 눈을 속였던 겁니다. 저는 그제야 제가 느껴왔던 위화감의 정체를 알 수 있었습니다. 제가 증거자가 아니라서가 아니었습니다. 마을 사람들은 잔혹한 진실을 알리고 싶지 않았던 겁니다. 모든 진실을 알게 되었을 때 감당해야 하는 그 무게를, 어린 저에게만은 짊어지우고 싶지 않았던 게지요.

그런데 말이지요. 저는 사실, 진실을 알게 된 걸 후

회하지 않는답니다. 그날 모든 걸 알게 되었기에 훗날 마을을 지킬 수 있었던 거니까요. 탁덕께서도 들으신 적이 있는지 모르겠네요. 몇 해 전 한 옹기꾼 교우가 죽임을 당했습니다. 관부 관원에게 겁탈당할 뻔한 교우를 돕다가 목숨을 잃었지요. 조선은 존비귀천이 있는 나라니까요. 천한 옹기꾼이 무슨 수로 관원을 상대하겠습니까. 그 옹기꾼이 바로 제 오라버니랍니다. 오라버니가 죽은 뒤로 어머니는 몸져누우셨고, 설상가상으로 아랫마을 남인들이 이곳을 습격했습니다. 무녀들이 삿된 무언가를 봉인했다는 전설은 너무 옛것이었거든요. 젊은 사람들은 더는 이곳을 두려워하지 않았습니다. 그나마 두려워하였던 게 덩치가 크고 힘이 센 오라버니였지요. 오라버니가 더는 이곳에 없다는 걸, 그들은 어떻게 알았던 걸까요. 제 아버지도 사람만 낼 수 있는 소리를 듣지 않고는 사람이 있다는 걸 모르시던데. 가끔 보면 사람이 사탄보다 더하다니까요. 누군가의 강함과 약함을 참으로 빨리 알아차리거든요. 그래서 그들이 마을을 습격했던 날, 저는 사람들을 지키기 위해 환난을 재현하였습니다. 포졸들과 외교인들이 죽었던 방식 그대로 그들의 목숨을 거두었지요. 그날 아버지는 오랜만에 포식을 했답니다. 특히 무녀의 딸을 욕보이던 놈을 가장 맛있게 드셨지요. 소리 없이 벽을 다시 쌓는 일이 쉽지는 않았지만, 저도 어쩔 수 없었답니다. 마을을 지켜내야 했으니까요. 또 겸사겸사 아버지의 양식도 조달하고요.

예? 어디서 비명이 들리는 것 같다고요. 네, 맞습니다. 환청이 아니에요. 저건⋯⋯ 아버지의 소리랍니다. 저희가 천주를 바라보며 성체 성혈의 은총을 구하듯, 아버지도 구멍을 보며 살과 피를 구하시거든요. 구멍 아래를 지키고 있으면 하늘에서 떨어지는 양식을 먹을 수 있다는 걸 오랜 경험으로 습득하신 것 같더라고요. 오라버니가 매번 구멍을 통해 주었기 때문이겠지요. 원래는 밤에만 소리를 내시는데, 너무 오래 굶어서 낮에도 저러시네요. 탁덕도 아시다시피, 조선은 여인이 홀로 다닐 수 있는 곳이 못 되니까요. 식량을 구하기가 쉽지 않더라고요. 오라버니도 겨우 했던 일을, 어리고 약한 제가 무슨 수로 하겠습니까.

하지만 서당 개 3년이면 풍월을 읊는다잖아요. 박해에 대해서라면, 저도 좀 알지요. 저는 박해를 역이용하기로 했습니다. 그래서 이곳이 교우촌이라는 소문을 냈답니다. 그런 소문이 퍼지면 사람들이 알아서 찾아오거든요. 구원의 피신처를 찾는 교우가 오기도 하고, 박해에 앞장서는 포졸과 외교인이 오기도 하지요. 보세요. 오늘은 탁덕마저 이곳을 찾아주셨잖아요? 천주께서 저희 마을을 정말 가련히 여기시나 봅니다. 특히 굶주리는 아버지를요. 탁덕, 괜찮으세요? 식은땀을 흘리시네요. 이런, 도망을 치시면 곤란하지요. 제 고해성사는 아직 끝나지 않았는걸요. 가장 큰 죄를 고하지 못했답니다. 이제 막 저지르려는 죄를요.

※ 해설 ※

변두리에서, 안과 바깥을 이으며

이수현(작가, 번역가)

마크 피셔는 '기이함'이란 이상하고 어울리지 않는 존재, 그래서 존재하지 않아야 한다고 느끼게 하는 것의 경험이라고 정의했다. 반면에 '으스스함'이란 없어야 하는 장소에 무언가 존재할 때, 있어야만 하는데, 아무것도 존재하지 않을 때 발생하는 감각이다. "기이한 것과 으스스한 것의 공통점은 낯선 무엇에 대한 집착이다. 무서운 것이 아니라 낯선 것…… 그 매력은 통상적 개념이나 인식, 경험을 뛰어넘어 존재하는 무엇, 외부세계에 대한 매혹과 관계가 있다."

《논어》에는 "선생님(공자)은 괴력난신에 대해 말하지 않았다"라는 대목이 있다. 괴력난신의 정의는 해석에 따라 조금씩 달라지지만, 후대 사람들은 대체로 이 말이 유교의 올바른 이치에서 벗어나는 것들을 가리킨다고 받아들였다. 조선은 지배 질서 외의 믿음 체계를 부정하고 토속신앙을 공격하는 근거로 이 말을 이용했다. 그리하여 괴력난신은 기존의 사회질서 '바깥'을 의미하게 된다. 설명할 수 없는 것, 기이한 것, 어긋난 것, 잘못된 것.

위험한 것.

'나'라는 경계선, 집이라는 경계선, 마을이라는 경계선, 사회라는 경계선, 모든 경계선 바깥은 두렵다. 바깥이 안으로 침범해 들어오는 것도 두렵고, 경계선 바깥으로 추방당하는 것도 두렵다.

그러나 안과 밖의 '사이', 변두리에 사는 사람들에게는 어떨까?

이 책에 실린 김이삭의 소설들은 여기에서 출발한다.

• 마크 피셔, 《기이한 것과 으스스한 것》, 안현주 옮김, 구픽, 2023, p. 8.

다섯 편의 단편소설 주인공들은 모두 사람이라는 사실, 이 세상에 올바로 속한 존재라는 사실을 부정당하는 위기에 처해 있다. 김현경이 말했다시피 "사람임은 일종의 자격이며, 타인의 인정을 필요로 한다".[**] 사회에서 환대받지 못한다는 것은 사람 대접을 받지 못한다는 것이다. 사회적 테두리 바깥으로 밀려나고, 안전망 바깥으로 쫓겨난다는 뜻이다.

〈낭인전〉의 주인공 옹녀는 남편을 연이어 잃은 후에 남편 죽이는 여자라는 비난을 들으며 마을에서 추방당하고, 〈교우촌〉의 주인공 아가다는 처음부터 평범하게 살 수 없는 천주교인들이 숨어 사는 마을에 속해 있다. 고대의 추방형은 사형에 준하는 형벌이었는데, 이는 첫째로 인간은 혼자서 물리적으로 생존하기가 어렵기 때문이고, 둘째는 추방 자체가 사람 자격을 박탈하기 때문이다. 작품 속에서 옹녀가 처한 상황만

[**] 김현경, 《사람, 장소, 환대》, 문학과지성사, 2015, p. 31.

보아도 그렇다. 마을 안에 있을 때도 옹녀는 갖은 추행을 당하고 억울한 일을 겪지만, 마을에서 쫓겨난 순간부터는 최소한의 보호막마저 잃는다. 마을 바깥을 떠도는 낭인들은 어떤 일을 당해도 호소할 곳이 없다. 교우촌에 숨어 사는 이들도 마찬가지다. 그들은 혼자가 아니라 집단이지만, 정체가 드러나는 순간 언제든 사냥당할 수 있다는 점은 똑같다.

대학원생인 〈성주단지〉의 주인공은 남들 보기에는 멀쩡해 보이는 남자친구에게 이별을 선언했다가 스토킹에 시달리며 익숙한 집과 고향을 떠나 낯선 고택에 머물러야 한다. 그리고 위협이 가장 안전해야 할 집 안까지 따라오며 끊임없는 공포에 시달린다. 시대를 거슬러 〈풀각시〉의 주인공 서율도 비슷한 처지에 놓여 있다. 죄지은 남자에게 반격했을 뿐이건만, 세상은 오히려 그를 비난하고 몰아낸다. 그는 쫓기듯이 한성을 떠나서 할머니를 모시고 시골 고택으로 거처를 옮긴다. 〈야자 중 ××금지〉의 아이들은 어른도 아이도 아닌 청소년이라는 사실 자체만으로도 이미 '사이'에 있는 존재들이거니와, 학교 괴담의 금기를 어긴 순간에 밑도 끝도 없이 안전한 세상 바깥으로 쫓겨나고 만다.

아, 그러나 자고로 모든 신화에서 황야로 쫓겨난 이들은 깨달음을 얻어 돌아오는 법.

과연 경계선 안은 정말로 안전했던가? 그 안전이 허상은 아니었던가?

주인공들이 바깥으로 밀려날 때, 질서 정연한 세계에 속한 자들은 그들을 돕지 않았다. 아니 오히려 그들을 밀어내는 데 앞장섰다. 그곳에서 정말로 안전하고 편안한 이들은 촌장이든, 권문세가든, 잘나가는 직업을 가진 남자든, 무엇으로 표상하건 간에 권력 있는 이들뿐이다. 그리고 다른 사람들은 바깥으로 밀려나는 것이 두려워 그런 자들을 돕거나 방조하고 있다. 〈성주단지〉의 어머니가 주인공에게 괜찮은 남자와 결혼하지 않은 네가 미쳤다고 할 때처럼 말이다. 하늘은 그들을 굽어보지 않으며, 어떤 종교도 그들에게 손 내

밀지 않는다. 잘못한 게 있어서가 아니냐고? 그들이 모두 어떤 규칙을 어기기는 했다. 그러나 규칙을 어기고 쫓겨났기에 역으로 알게 된 것이다. 규칙을 지키고 테두리 안에만 있으면 안전하리라던 믿음이 본래 허상이었음을.

그들은 처음부터 변두리에 위태롭게 매달려 있었을 뿐이다. 그리고 정말 두려운 것은 애초부터 바깥이 아니라 안에 있었다.

〈풀각시〉의 공간 배치는 이를 명확하게 비춰준다. 할머니의 본가 별당채는 안전한 질서 안에 있는 것처럼 보이지만 사실은 액운을 몰아주는 곳이다. '안'에 있는 이들이 안전하고 안락하게 살기 위해 세워놓은 벽이자 희생양이다. 그 변두리에는 주로 여성이 있고, 천민이 있고, 장애인이 있고, 가난한 이들이 있고, 가장 약하고 힘든 사람들이 있었다.

반면에 그토록 두려워하던 세상 바깥의 황야는 텅빈 곳이 아니며, 무섭고 잔인한 법칙만 지배하는 곳도 아니다. 그곳에 원래 살던 이들이 있다. 우리의 주인공들과는 반대쪽 변두리에 걸쳐 있는 존재들, 하찮거나 모자란 취급을 받던 이들, 사람이자 짐승인 이들, 또는 사람인지 혼령인지 알 수 없는 이들, 이미 세상 가장자리에 발을 걸친 이들, 이쪽 세상과 저쪽 세상을 오가던 이들…… 이 매혹적인 아웃사이더, 괴력난신들은 기꺼이 쫓겨난 주인공들의 손을 잡아준다.

〈야자 중 ××금지〉에서는 과거의 끔찍한 지옥 속에서 정체를 정확히 알기 힘든 한 존재만이 주인공들을 돕는다. 〈낭인전〉의 늑대인간 변강쇠는 마을이라는 안과 바깥을 통틀어 유일하게 옹녀를 위협하지 않고 돕는 존재다. 〈교우촌〉의 괴물은 짐승이자 인간일 뿐만 아니라 외부에서 들어온 이질적인 존재지만, 기댈 곳 없이 위험에 노출된 이들에게는 유일하게 기댈 힘이 된다.

그러나 주인공들이 수동적으로 도움만 받는 존재는 아니다. 그들은 배척당하고 위험에 빠진다 해서 울면서 주저앉는 사람들이 아니다. 그들은 두려움에 떨면서도 이 부당한 세상에 분노하면서, 그래도 때로는 씩씩하게, 죽을힘을 다해 살고자 하고, 자기가 있을 자리를 확보한다. 사회의 주류가 환대해주지 않아도 좋다. 하늘이 살펴주지 않는대도 상관없다. 아무도 해주지 않는다면 스스로 하면 되고, 소외된 이들끼리 서로를 돌보면 된다.

〈성주단지〉의 주인공은 남들이 하찮게 보고 넘길 법한 쌀 항아리를 깨뜨리고 그냥 넘어가지 않으며, 성주신에 대해 알지 못하면서도 정성스럽게 항아리를 새로 사서 쌀을 넣어둔다. 그 때문에 이 이야기는 착한 행동에 대한 신령의 보답 같기도 하다. 그렇다고 주인공이 수동적으로 도움을 받기만 했다고 말할 수는 없다. 엄청난 공포에 시달리고 여유라고는 없을 만한 상황에서도 사람이기를 내려놓지 않는 것, 사람으로서 친절하고 품위 있게 사는 것 자체가 대단한 싸움이 아닌가.

〈교우촌〉의 주인공 아가다도 그렇다. 끊임없이 자신이 있을 자리를 찾아 헤매던 소녀는 비밀을 찾아낼 뿐만 아니라, 그 과정에서 다른 사람을 돕는다. 사회 변두리로 쫓겨난 교우촌에서조차도 설 자리가 불분명하다는 불안에 시달리면서도, 힘없는 어린아이의 몸으로도 고통받고 있던 여자를 안타깝게 여긴다.

〈풀각시〉의 서율은 명백히 도움을 받는 쪽처럼 보이지만, 할머니에게 중심을 옮겨보면 그림이 또 달라진다. 검을 배우고 무력에 호소할 수 있었던 주인공보다 훨씬 더 연약하며, 훨씬 더 힘든 처지에 있었을 과거의 여성들도 가만히 무력하게 주저앉아 있지만은 않았다. 그들은 할 수 있는 저항을 계속했고, 다른 여성을 돌보고 도우려 했다. 섬뜩한 저주나 미신처럼 보이는 풀각시에는 그 마음이 담겨 있다.

무속신앙, 또는 무교는 조선 시대 내내 주로 여성의 신앙이었다. 엘리트 남성 사회는 공자를 들먹이며 무속을 천대하고 폄하했으며, 무속에 빠진다는 이유로 다시 아녀자들을 업신여겼다. 이 시각은 현대에까지 이어져, 연구자들조차도 여성들이 미신에 쉽게 빠진다고 폄하하거나 심지어 한국의 기독교가 샤머니즘화한 것이 여성들 탓이라고 말하는 데까지 이르렀다. 한국 여성들이 너무 힘든 상황에 놓였기 때문에 종교에서 탈출구를 찾았다는 시각도 편견에 사로잡혀 있기는 마찬가지다. 로렐 켄달이 말했듯이 "한국의 여성의례에 대한 연구는 한국 지식인들이 토속문화를 오랫동안 불편해하고 유교 이념상 여성의 가치를 절하해 왔기 때문에 제대로 이루어지지 못했다."*

어떤 실천도 수동적이지만은 않다. 집 안에 갇힌 여성들은 가정 신앙의 주관자로 스스로의 자리를 확보하고, 그 영향력을 집 바깥으로도 확대했다. 무격들을 통해 다른 여성들과 소통하고 연합하거나 싸웠으며, 물밑에서 집안 식구들의 복을 빌고 온갖 부정한 것들

• 로렐 켄달, 《무당, 여성, 신령들》, 김성례·김동규 옮김, 일조각, 2016, p. 69.

로부터 집을 보호하는 매개자가 되었다. 체면 탓에 드러내놓고 무속에 기댈 수 없었던 남자들이 급할 때 의지할 존재가 되었다. 다른 방법이 없을 때 남을 돕기 위해 저주에 의지한 마음 또한, 주어진 한계 안에서의 몸부림이요, 저항이다.

〈낭인전〉의 옹녀는 한 걸음 더 나아간다. 남편을 무수히 잃고 마을에서 쫓겨나고도 씩씩하게 제 운명을 개척하려던 옹녀는 겨우 찾은 행복을 결국 잃고 말지만(이 소설은 《변강쇠가》의 다시 쓰기이니, 갈 수 있는 길이 한정되어 있긴 하다), 그 안타까운 마지막은 소설 속에서 단순한 비극으로 끝맺지 않는다. 옹녀는 심리학자 클라리사 에스테스가 여성의 집단무의식 안에 존재한다고 주장한 '어머니 늑대'**를 만난다. 그것은 해방이다. 더는 세상 안쪽의 규칙에 얽매이지 않고, 황야에서 온전하게 살아가겠다는 선언이다.

•• 클라리사 에스테스, 《늑대와 함께 달리는 여인들》, 손영미 옮김, 이루, 2013 참조.

그 선언은 〈야자 중 ××금지〉에서 절체절명의 순간에 목검을 들어 벽을 부숴버리는, 그럼으로써 이유도 알 수 없는 금기를 파괴하는 아영의 모습과 닮아 있다.

〈야자 중 ××금지〉에서 괴담의 금기를 어긴 아이들은 일제강점기의 지옥 같은 학교에 떨어진다. 이는 학교의 이면이 감옥이자 지옥일 수 있음을 선명하게 드러낸다. 학교 괴담에 지속적으로 관심을 갖고 있는 김종대는 "학교를 둘러싼 괴담의 본질은 허구이며, 학교라는 감옥에서 해방되기 위한 장치의 하나로 보아도 큰 무리가 없다"고 했다. 학교 괴담에 특징이 하나 더 있다면, 결말에 진짜 해결이나 해방을 이야기하는 일은 거의 없다는 것이다. 괴담의 주인공은 대부분 끔찍한 결말을 맞이하며, 괴담을 듣는 이들은 그런 운명을 피한 것을 안도한다. 학교와 학부모가 만족하는 말 잘 듣는 도플갱어와 바꿔치기되어, 찾는 사람조차 없이

• 김종대, 《도시, 학교, 괴담》, 민속원, 2008, p. 36.

그 지옥에 남은 선배의 모습. 그것이 원래 괴담 주인공의 결말이다.

그러나 아영이 호쾌하게 벽을 부수고 돌아온 순간에 그 괴담의 법칙은 깨어진다. 언뜻 보면 괴담 속의 끔찍한 결말을 피한 주인공들이 일상으로 돌아와서 가슴을 쓸어내리는 이야기처럼 보이지만, 이것은 가짜 위험을 보고 "아, 우리는 안전해"라며 쾌감을 느끼는 호러가 아니다. 아영은 이제 바깥에 쫓겨난 이가 있음을 알고, 그 사람이 규칙을 부수고 돌아오기를 빈다. 서율은 두려운 상대를 베어내는 일이 누구의 도움으로 가능했는지 정확히 안다. 아가다는 괴물과 함께 살아가는 길을 택한다. 옹녀는 괴물이 되기를 택한다. 균열은 억지 봉합되지 않았고, 주인공들은 바깥을 버리지 않았다.

변두리에 있던 이들이 쫓겨났다가 돌아오면서 두 세계를 이었다. 세상 바깥에 있는 이들이 새로 있을 자리를 마련했다. 일그러진 질서의 틈을 메꾸던 이들은 외면당하거나 잊히지 않았다. 두려움이 사라지지는 않아도 용기는 남았다. 각기 다른 상황, 각기 다른 자리에서 이 여성들은 모두 직접 있을 곳을 찾고, 있어야 할 곳으로 돌아가며, 그 과정에서 세상과 세상 사이에 있던 이들까지 함께 있을 자리를 마련해준다. 이 때문에 이 책을 다 읽었을 때 우리는 위태로운 현실로 돌아온 찜찜함이 아니라, 제자리를 찾은 듯한 충족감을 느낄 수 있다.

그러니 어떻게 김이삭의 소설을 좋아하지 않을 수 있겠는가.

❀ 작가의 말 ❀

내가 언제부터 괴력난신을 좋아하였더라. 첫 단추는 〈M〉과 〈전설의 고향〉, 〈이야기 속으로〉, 〈토요 미스테리 극장〉이었다. 어린 나는 매번 두려워하면서도 납량 프로그램을 챙겨 보았고, 텔레비전을 보지 않을 때면 지난밤에 보았던 프로그램 내용을 곱씹으면서 서늘함을 느끼곤 하였다. 그중에서도 여귀는 유독 나를 두렵게 만들던 존재였다. 솔직히 말해서 소복과 산발 그리고 짙은 음영의 메이크업을 하고 갑자기 나타났을 뿐인데 사람들을 놀라서 죽게 만들 수 있는 귀신은 여귀밖에 없을 것이다(이를테면 《장화홍련전》처럼).

그랬던 내가 여귀에게 매료되었던 건 홍콩 영화 〈천

녀유혼〉을 보고서였다. 1987년 영화이니 위에 언급한 프로그램들보다 먼저 제작된 셈이지만, 나는 1990년 대 후반에야 이 영화를 보았다(나는 이 영화를 보고 故 장국영의 팬이 되어 광둥어도 배웠다). 머리카락이나 손톱 을 길게 뻗어 물리력으로 사람을 해치는 여귀라니. 그 때 나는 여귀가 사람들을 해치는 장면을 보고 두려움 이 아닌 묘한 해방감을 느꼈다. 그리고 이때부터였다. 나의 괴력난신 사랑이 시작된 것은.

중화권 콘텐츠나 한국 사극을 덕질하다 보면, 이런 말을 자주 접하게 된다. "자불어괴력난신(子不語怪力亂神)" 혹은 "공자는 괴력난신을 논하지 않았다". 공자는 어째서 제자들 앞에서 괴력난신을 논하지 않았을까. "경귀신이원지(敬鬼神而遠之, 귀신을 공경하되 귀신을 멀리 하다)"라서? 그것도 아니면 "미지생언지사(未知生焉知死, 아직 삶을 모르는데 어찌 죽음을 알겠는가)"라서? 모두 《논어》에 나오는 말이니 맥락이 전혀 다르다고 볼 수는 없을 것이다. 그러나 공자의 의중이 무엇이었는지는 알

방법이 없다. 공자는 이미 죽었고,《논어》는 공자가 직접 쓴 책도 아니니까.《논어》를 썼다고 알려진 공자의 제자들도 더는 이 세상에 없다. 결국 괴력난신을 고민하며 텍스트에 의미를 부여하는 건 독자인 나였다.

몇 년 전, 지도 교수님과 수다를 떨다가 괴력난신을 이야기했었다. 그때 지도 교수님은 괴력난신을 '괴/력/난/신'이 아닌 '괴력/난신'으로 봐야 한다고 했다. 그러니까 괴력난신을 명사로만 이루어진 조합으로 보지 않고, 형용사와 명사로 이루어진 조합으로 보는 것이다. 그날 나는 공백을 채운 듯한 기분이었고, 그 뒤로 종종 '괴력'과 '난신'을 생각했다. 논리적으로는 말이 되지 않는 괴이한 힘을 지닌 이들과 세상을 어지럽히는 신들을, 정상성에서 벗어난 존재들을, 강한 힘을 지니고 있지만, 심지어는 신이 되었음에도 다른 이들에게 이야기되지 않는 이들을, 그리고 그 침묵 속에 몸을 숨기고 있을 두려움을 생각했다.

괴력난신을 이야기한다는 것은 타자의 귀환을 의미

하지 않을까?

나는 그렇게 생각했고, 그래서 글을 썼다.

〈성주단지〉는 서계수 작가가 기획했던 여성 호러 앤솔러지인 《우리가 다른 귀신을 불러오나니》(한겨레출판, 2022)에 수록했던 글이다. 그때 서계수 작가는 호러 장르에서 여성 캐릭터가 어떻게 사용되는지를 두고 비판적으로 고민하고 있었고, 나 또한 공감하는 바였기에 함께하기로 하였다. 그러나 교제 폭력과 같은 젠더 기반 폭력에서 여성 피해자의 비율이 압도적으로 높은데 여성의 피해를 전혀 이야기하지 않는 것은 또 다른 문제가 될 수 있었다. 고민 끝에 졸고 〈성주단지〉를 썼다. 2023년 경찰청에서 제공한 자료에 의하면 교제 폭력으로 검거된 피의자의 수는 "2019년 9,823명에서 지난해 12,828명으로 30.6퍼센트 증가"하였지만, "이 기간 전체 피의자 중 구속된 비율은 4.8퍼센트에서 1.7퍼센트로, 구속 피의자 수는 474명에서 214명으로 대폭 감소"하였다고 한다.

조금은 다른 이야기이지만 〈성주단지〉의 주요 시간적 배경인 음력 7월 15일에 대해 첨언하고자 한다. 음력 7월 15일은 한국에서는 '백중일(百中日)', 대만에서는 '중원절(中元節)', 홍콩에서는 '우란절(盂蘭節)'이라고 불리는 날인데 '백중일'과 '우란절'은 불교적 명칭이고, '중원절'은 도교적 명칭이다. 나는 그중에서도 '중원절'을 가장 좋아한다. 아마 중원절에 대만을 방문해 제의극을 본 적이 있기 때문일 것이다. 대만 사람들은 음력 7월인 귀월(鬼月) 초하루에는 귀문(鬼門)이 열리고, 열닷새인 중원절에는 귀문이 활짝 열리며 그믐에는 귀문이 닫힌다고 믿었고, 귀문이 열리면 저승의 존재가 이승으로 넘어온다고 여겼다. 그렇기에 산 자들은 귀문이 열리는 귀월마다 죽은 이를 생각하면서 제의를 올렸고, 각종 금기를 지켰다. 나는 귀문이 활짝 열린다는 중원절을 맞이할 때마다 괴력난신의 현존을, 타자

• 이재윤, 〈[그래픽] 데이트폭력 검거 현황〉, 연합뉴스, 2023년 9월 15일.

의 귀환을 떠올린다.

〈야자 중 ××금지〉는 5년 전쯤 장편소설로 구상했던 《야자 중 연애 금지》 시놉시스가 전신이다. 한국콘텐츠진흥원과 모 출판사가 함께했던 '신진 스토리 작가 육성 프로그램'에 지원해 2차 면접까지 갔었는데, 비운을 타고나(?) 완성되지 못했다. 2차 면접을 보기 며칠 전날, 서울산업진흥원과 같은 출판사가 함께했던 또 다른 공모전에서 나의 다른 장편 시놉시스가 최종 당선되었기 때문이다. 출판사는 제한된 기간 안에 장편 두 편을 탈고하는 것은 어렵다고 보았고, 나 또한 그리 생각하였기에 어쩔 수 없이 이미 뽑힌 다른 작품을 택했다. 그래서 《야자 중 연애 금지》 대신 《한성부, 달 밝은 밤에》(고즈넉이엔티, 2021)가 첫 장편으로 출간되었다. 그 뒤로 오랫동안 《야자 중 연애 금지》를 잊고 있었는데 북한 이주민 2세대 청소년이 등장하는 소설을 써보고 싶다는 생각에, 단편인 〈야자 중 ××금지〉를 쓰게 되었다.

《야자 중 연애 금지》든 〈야자 중 ××금지〉든, 학교 괴담에 관한 부분은 종로구에 있는 모 학교를 졸업한 친구의 경험담을 기반으로 하였다. 문을 열었더니 저 세상으로 넘어갔다는 설정은 허구가 맞다. 특정 교실에는 학생들의 출입이 엄금되었고, 야자 시간에는 화장실도 동반자가 있어야만 갈 수 있었으며 계단이 없는 건물도 있다는 친구의 학교에는 괴담이 정말 많았다. 늦은 밤 야자가 끝난 뒤 밖으로 나갔더니 교실 안에서 초록빛이 새어 나오더라는, 그래서 몇 명이 교실로 돌아갔으나 교실 안 불이 꺼져 있었다는, 그런데 밖에 있는 이들은 여전히 초록빛을 볼 수 있었다는, 그 사실을 전화 통화로 확인한 교실 안팎의 학생들이 소리를 지르면서 도망을 쳤다는 이야기는 오랫동안 내 마음을 사로잡았고, 초록빛 속에 감춰진 이야기들을 상상하게 만들었다.

〈야자 중 ××금지〉의 배경을 서울 종로구가 아닌 목동 학군으로 설정한 것은 그곳이 한국 사회에서 의미

하는 바가 있기 때문이고, 북한 이주민 2세대 청소년을 주인공으로 삼은 것도 그들이 목동 학군에서 살아가고 있기 때문이다. 정확히는 목동 앞 단지가 아닌 뒷단지라고 불리는 동네에서 모여 사는데, 나 또한 북한 이주민 배우자와 결혼한 뒤에는 그 주변 임대 아파트에서 6년 정도 살았다. 몇 년 전 트위터(현 X)에서 혹시 우리 반에 북한 이주민이 있으면 따로 알려달라는 담임 선생님의 메시지를 캡처한 글이 유머 트윗으로 돌았는데, 그때 나는 북한 이주민이라는 존재가 사람들에게 괴력난신과도 같다고 생각했다.

〈낭인전〉은 앤솔러지인 《판소리 에스에프 다섯 마당》(구픽, 2023)에 수록되었던 작품이다. 다섯 마당 중 하나를 골라 SF적인 관점으로 해석한 단편을 써달라는 요청에 나는 다섯 마당에 속하지 않는 《변강쇠가》를 재해석해 쓰고 싶다고 했다. 이유는 두 가지였다. 첫 번째는 국립창극단의 대표 레퍼토리인 〈변강쇠 점 찍고 옹녀〉를 좋아했기 때문이고, 두 번째는 《변강쇠가》

의 결말이 유독 주인공들에게 가혹했기 때문이다. 한 명은 몸이 바위에 갈려서 시신도 남기지 못하고, 다른 한 명은 결말에서 갑자기 사라져버린다니. 내가 쓴 소설에서는 다른 결말을 주고 싶었다. 제목을 "낭인전"으로 바꾸고 늑대인간 설정을 넣은 것은 청탁받은 SF 장르를 써야 했기 때문이지만, 그것보다 더 큰 이유는 살아남기 위해 괴력난신인 낭인(狼人, 늑대인간)이 되어야 했던 낭인(浪人, 떠돌이)을 이야기하고 싶었기 때문이다.

〈풀각시〉는 귀신날 호러 앤솔러지인 《귀신이 오는 밤》(구픽, 2022)에 수록되었던 작품이다. 부끄럽게도 나는 귀신날에 관한 세시 풍속을 전혀 알지 못했는데 모르는 상태로 글을 쓸 수는 없었기에 자료 조사를 충실히 하려고 노력했다. 그러다가 읽게 된 글이 〈횡성지역 세시풍속 연구: 귀신날을 중심으로〉(이영식, 2007)라는 논문이었고, 그러다가 알게 된 존재가 강원도 홍천군과 충청남도 아산시에만 전승된다는 '달귀 귀신'이었다. 여아들이 풀각시를 가지고 놀다가 뒷간에 두는데,

이 인형이 달귀 귀신으로 변해 사람을 잡으러 온다나? 이때 나는 엉뚱하게도 '달귀'의 한문이 무엇인지를 제일 먼저 고민하였다. (아쉽게도 한문 병기가 없었다.) 역시 달(達)과 귀(鬼)겠지? 달귀(達鬼)는 어떻게 해석할 수 있을까? 귀신에 도달하다, 귀신이 되다, 귀신을 드러내다? 그러자 달귀라는 귀신이 조금 달리 보였다. 여아들은 어째서 뒷간에 풀각시를 두었을까? 그것이 달귀 귀신이 될지도 모른다는 걸 알면서도? 사실은 일부러 그랬던 게 아니었을까? 풀각시를 달귀 귀신으로 만들려고? 〈풀각시〉는 이러한 의문에서 시작한 글이었다.

〈교우촌〉은 "도미누스 보비스쿰"이라는 제목으로 썼던 글을 정반대로 다시 쓴 것이다. 〈도미누스 보비스쿰〉은 실존 인물인 최양업 토마스 신부를 화자로 삼은 구마소설이었는데, 실존 인물의 삶에서 크게 벗어나면 안 된다는 강박관념 때문에 글에 제약이 생긴 것 같아서 아예 허구로만 다시 썼다. 화자도 사제인 남성 말고 평신도인 여성으로 바꾸었다. 그래도 곳곳에서 〈도미누스 보비스쿰〉의 흔적을 찾아볼 수 있다. 아가다가 본명(세례명)인 여성이 등장한다는 점과 동굴이 진실을 감춘 장소라는 점이 그러하다. 김아가다는 천주교 신자들 사이에서 오랫동안 구전으로 전해졌지만, 최양업 토마스 신부의 마지막 서한이 번역 공개되고 나서야 그 존재가 입증된 실존 인물이다. 〈도미누스 보비스쿰〉을 쓸 때는 최양업 토마스 신부의 서한집인 《너는 주추 놓고 나는 세우고》(최양업, 바오로딸, 정진석 옮김, 2021)를 주로 참고하였고, 〈교우촌〉을 쓸 때는 《박해 시대 숨겨진 이야기들》 1, 2권(서양자, 순교의맥, 2012, 2016)을 주로 참고하였다.

2017년 10월에 첫 단편을 쓴 뒤로 꾸준히 단편을 썼지만, 내가 쓴 소설로만 엮인 소설집이 출간되는 건 이 책이 처음이다. 무엇보다 변방의 덕후로 살아가던 나에게 먼저 출간 제안을 해준 래빗홀 장서원 편집자에게 감사를 전하고 싶다. 특히 〈야자 중 ×× 금지〉와 〈교우촌〉은 계약서에 의한 마감이라는 지극히 현실적인 제약과 장서원 편집자의 다정한 응원이 없었더라면 영영 태어나지 못했을 것이다. '윌라×래빗홀 오디오북 프로젝트'를 위해 〈야자 중 ×× 금지〉를 가장 먼저 읽고 꼼꼼히 살펴준 최지인 팀장에게도 감사를 전하고 싶다. 글을 쓰는 건 작가지만, 책을 만드는 건 출판사라고 생각한다. 그리고 작가인 내가 글을 쓸 수 있도록 곁에서 혹은 하늘나라에서 지지해준 가족과 동료 작가들에게도 이번 기회를 통해 고마움을 전하고 싶다.

마지막으로 이 책을 읽어준 독자에게 진심으로 감사한다.

부디 우리의 삶에 깃든 공포가 언제나 안전하기를.

2024년 수릿날에
김이삭

❋ 추천의 말 ❋

이 안에는 온갖 종류의 괴력난신이 등장한다. 피가 튀고 묵은 원한을 읊조리는 이야기들이 마냥 두렵기보다 애달프게 느껴지는 건 육체성을 뛰어넘은 존재의 목소리와 그들을 대하는 인물의 자세가 절실하기 때문일 것이다. 소재에 관한 철저한 조사력과 군더더기 없이 깔끔한 문체가 소설집의 매력을 더한다.

나는 우리가 괴력난신을 읽고 쓰는 이유가 다름 아닌 해방감에 있다고 생각한다. 같은 뜻을 공유하는 작품을 만나 기뻤다. 이 다섯 편의 이야기들이 주는 각각의 후련함과 재미를 꼭 느껴보길 바란다.

조예은(소설가)

천지신명은
여자의 말을 듣지 않지

김이삭 소설집

초판 1쇄 2024년 6월 12일
초판 2쇄 2024년 11월 8일

지은이 | 김이삭

발행인 | 문태진
본부장 | 서금선
책임편집 | 장서원 래빗홀 | 최지인 이은지

기획편집팀 | 한성수 임은선 임선아 허문선 이준환 송은하 김광연 송현경 원지연
마케팅팀 | 김동준 이재성 박병국 문무현 김윤희 김은지 이지현 조용환 전지혜
디자인팀 | 김현철 손성규 저작권팀 | 정선주
경영지원팀 | 노강희 윤현성 정헌준 조샘 이지연 조희연 김기현
강연팀 | 장진항 조은빛 신유리 김수연 송해인

펴낸곳 | ㈜인플루엔셜
출판신고 | 2012년 5월 18일 제300-2012-1043호
주소 | (06619) 서울특별시 서초구 서초대로 398 BnK 디지털타워 11층
전화 | 02)720-1034(기획편집) 02)720-1024(마케팅) 02)720-1042(강연섭외)
팩스 | 02)720-1043 전자우편 | books@influential.co.kr
홈페이지 | www.influential.co.kr

ⓒ 김이삭, 2024

ISBN 979-11-6834-196-8 (03810)